GAEA

Gaea

林綠——著
陰
陰陽なる途
陽
路
07

陰陽路

陰陽なる途

目錄

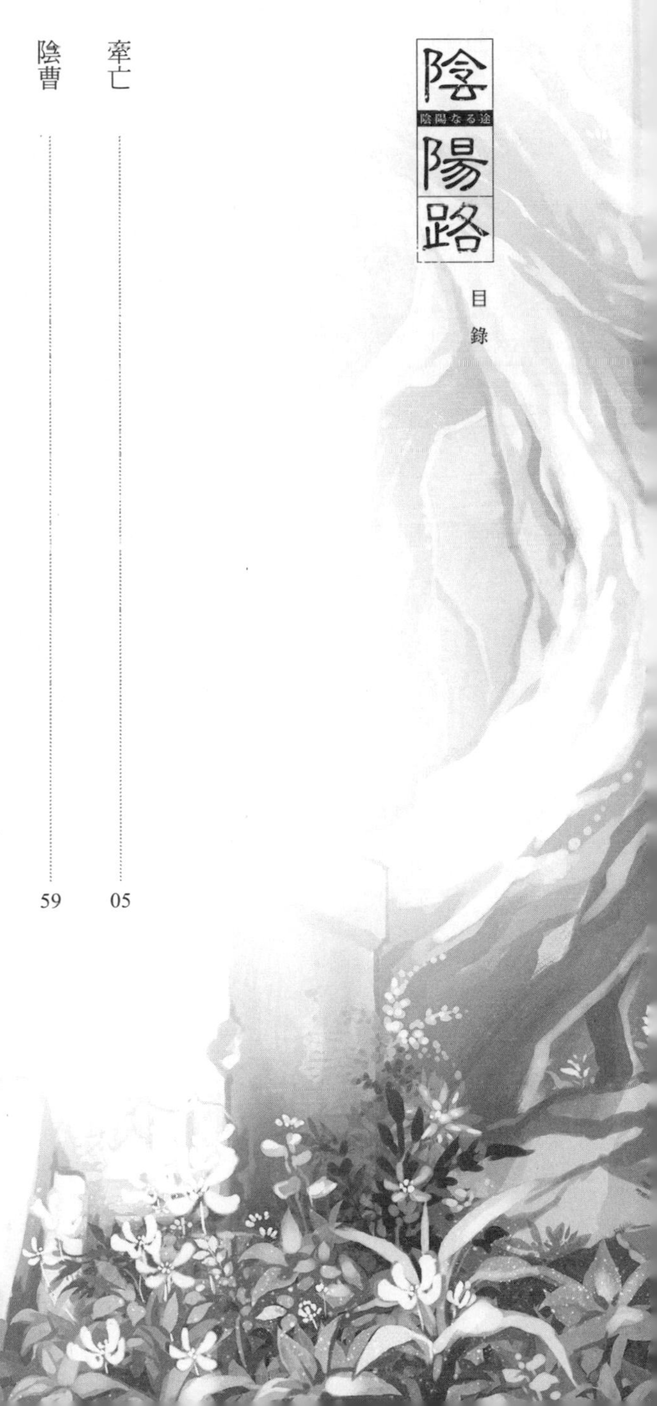

牽亡

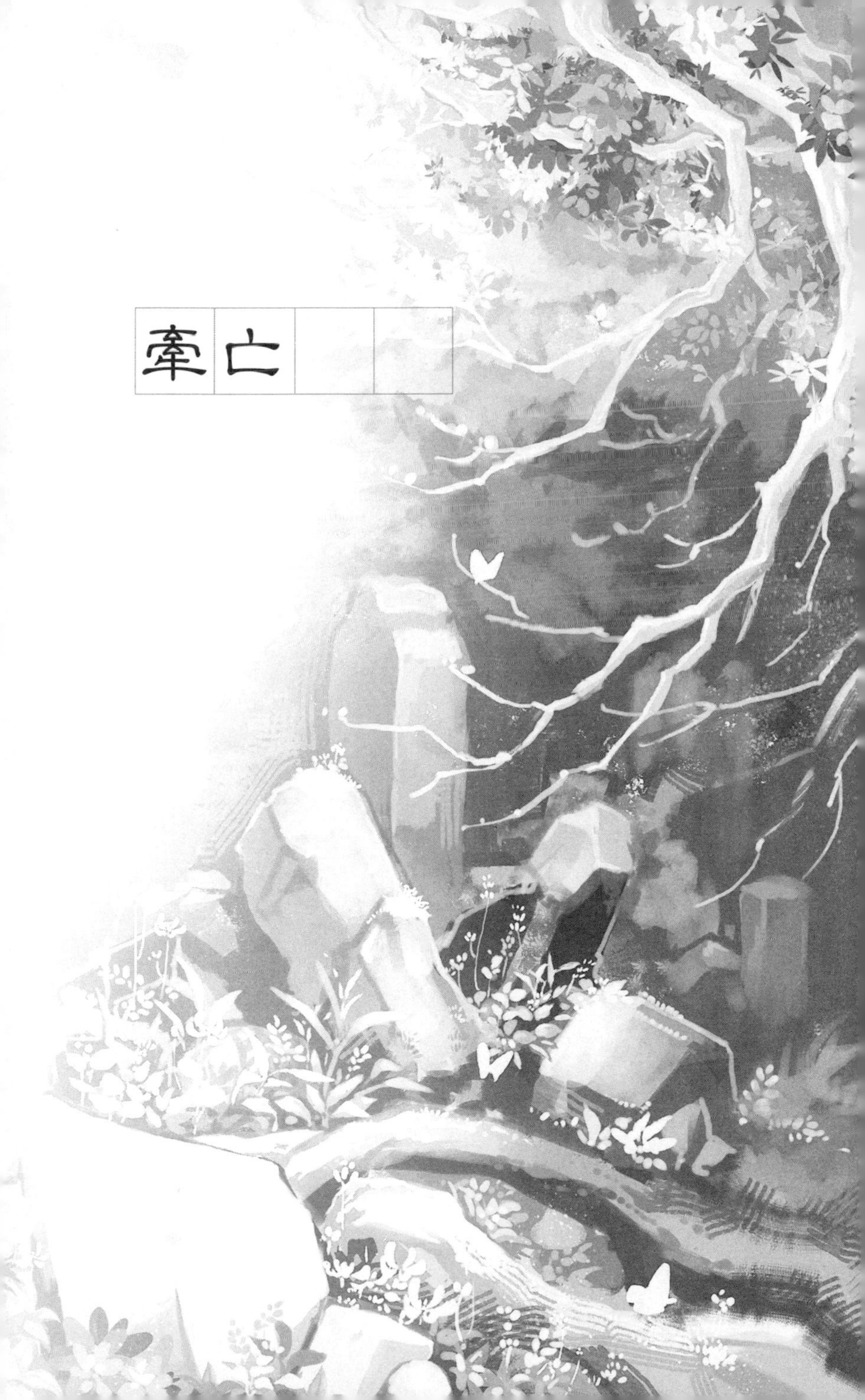

話說從頭，林家牧場不慎被捲入萬隴企業的王儲爭奪戰，家務事變成天下事。爲了逃避媒體追殺、成爲大眾八卦的對象，我帶著一干兒子連夜逃亡。

我們乘上夜班火車，事主阿夕戴著帽子，全身包得密實，靠在我肩頭昏睡。剛才在車站收看到的晚間新聞，把我和可愛的小七，甚至連熊寶貝也不放過，一起報導出來，我們一家子已經到不得不易容的地步。

我端詳在對座安撫小熊的兔子，凝重地咕唧兩聲，深思起宇宙的不思議，怎麼世上會有這麼宜人的小男生呢？

「大姊，雖然很不想問妳，但今夕哥生病了，妳有什麼打算？」

開玩笑，無愧大學時代花瓶軍師之名，我早已良策在胸。

「小七，這是媽媽高中的百褶裙，不用客氣，穿上它吧！」林之萍保存二十來年的殺手鐧，終於派上用場。

「妳就不能想點正經的東西嗎！」

「媽媽一向很認真。以你的身高和臉蛋，扮女裝再合適不過。」

雖然兔子現在奮死抵抗，但憑我對他通透的了解，他大概半小時後就會認栽，所謂良民只能概括承受官老爺的淫威。

「大哥爲什麼還不快點好起來？大姊根本不擔心你的病，都在作威作福！」小七好傷心，就快被我逼瘋了。

我眼下的阿夕，只是動了動睫毛，又徒然睜著那雙無神灰眸發呆。

火車便當到我們車廂時，只剩孤伶伶一個，只好三人一熊分著吃。我先餵了阿夕，看他那兩片漂亮的唇細細咀嚼著，再餵兔子。小七傾身過來，低眸含著筷子尾，我感覺到內心某處的火把轟地燒起，但礙於公眾場合，只得忍耐著不發作。

半顆滷蛋供著給小熊當點心，拜完後換我吃掉，便當盒很快就空了。

明明肚子還餓著，而且流離失所中，卻不知怎地，覺得有點幸福。

我們在偏遠地區的露天站台下車，那種天黑後出了車站，光源就只剩滿天星斗的地方。以往，行囊都由阿夕扛，不知道一個家的負擔有這麼重，連喜歡抱抱的熊寶貝都看出我的疲態，要下來自己走。

但一隻會蹦蹦跳的熊布偶實在不好拋頭露面，要是被有心人士捉去解剖研究，掏光小熊肚子裡的棉花找電動系統，那可不是縫個幾針能解決的事。

熊寶貝聽得嗚嗚叫，嚇得縮回媽咪懷裡。

「妳幹嘛沒事恐嚇囝仔！」小七吼道。

「我們要回家了嘛，進我們林家家門之前，都要震撼教育一下才行。」我一邊摸著熊寶貝的耳朵，一邊高睨著咬牙的小兒子。「至於兔兔你，媽媽還有許多整治齧齒類小動物的手段，等著瞧吧！」

天下太平之後，我才從老王口中，釐清小松鼠和小兔子不是同一掛的，不能膚淺從門牙判定誰是親戚。本來負責在小朋友面前糾正我自然科學謬誤的一家之長，只是恍惚地站在我們身旁，左邊衣袖綁著一條從鄭王爺神像請下來的紅繩，另一端繫在小七的右爪上，以確保壞掉的阿夕不被路過的亡魂牽走。

挪用公款（未被揭發）偷還貸款的老公寓垮了、拋棄他多年的老爸原來真是個渾蛋、總是端架子教訓幼弟結果自己卻也背棄了老母，上述的爛事，壓垮阿夕本來就時好時壞的神經線，目前處於當機維修狀態。

醫生的說法是創傷後壓力心理障礙症；迷信的我也記得以前有個會挖鼻屎的道姑說過，阿夕的魂和體魄不太密合，如果碰上歹時被沖，容易離魂散魄。

而兩方權威的共同點就是，沒告訴我解藥是什麼。

林家不是還有小兔兔大師嗎？可是很遺憾地，小七現在就只是我的孩子，不能上黃泉下碧落了，整天都能捏著玩，再也逃不開我的魔掌，哼哈哈……這麼一想，還真是件好事！

熊寶貝在我懷中看看大包小包、還要牽阿夕的兔子兄，又看向全身很空、就差隻熊布偶裝飾的熊阿爹，兩爪朝阿夕揮揮，可是阿夕沒有反應。

小熊開始鬧騰，我拗不過他，把他掛在阿夕後頸上，要熊寶貝自立自強抱好。

我領頭在鄉間小路天南地北地轉，不時回頭探看我屁屁後的小雞仔有沒有少掉哪隻。小七叫我好好看路，而阿夕無意識地把睡得下滑的熊捧在懷裡，我想那是出於家庭主婦的天性。

鄉下的晚間很靜，我站在往東西向的岔路口，正要拐彎，卻聽見暗夜的路口傳來銅鈴清響，不知怎麼地，一股冷意竄上腦門。

鈴聲連三響後又靜下。我本想等聲音遠去再走，卻越來越近，之後伴隨著隊伍的腳步聲，悲哀的白色映入眼簾。

小時候在家鄉沒少見過這種情景，是送葬隊伍，我也親身跟著走過兩遍，頭一次送我大半家人，後一次送爺爺。

記得幼時遇上出殯，爺會捂住我的眼睛，又用他的身子給我做遮蔽，雙重保護，以策安全。小叔那時也沒多大，總嗤笑我爺迷信，後來有次小叔和我單獨碰上披麻大隊，他天人交戰一番，還是把我拉到背後，叫我自己閉上眼。

他說他可以不相信，但姪女還沒養大，不能拿我小命去實驗民俗禁忌。我小腦袋瓜轉過一圈，會怕，就是相信了，這麼想來，小叔還是被爺洗腦成功，只是么子格外彆扭，就是要叛逆父親的每句話才甘心。

轉念至此，我退後兩步，把一臉困惑的小七和當機阿夕藏到背後，叫他們遮好美麗的靈魂之窗。

而身爲母親的我，理所當然要站在前頭，戰戰兢兢地盯著夜半出山的行伍。魂幡高掛在竹竿頭，隨夜風揚起，吟唱的經文不是爲了愉悅生人耳朵，別去細聽。我心中大唱牧場饒舌歌「又、又、又、兔兔屁屁！」與其抗衡，好不容易勾魂的鈴聲稍靜，卻突然歌聲大作，幾乎要壓過我心中那強大無比的妄想慾念。

「草坡路卜草刺高，草坡路上不見途！」

我不喜歡牽亡曲，特別是當它和家人離去劃上等號時。爺爺出山當天，我眞的抓狂起來，叫法師不要唱了，不准帶走我爺爺。那個法師卻凶惡地質問我：那妳要陪他一起去嗎？還想活命，就乖乖滾回生人的路上！

我大概因此討厭道士討厭了兩天。後來想想，他還眞是個好人，那天他跟著我這個家屬淋得濕淋淋的，卻一毛錢也沒收。

轉念間，隊伍來到路口，緩下行進腳步；我看魂幡左右搖擺的模樣，該不會是被岔路困惑住了吧？風頭不巧往我們這家人吹來，送行的行伍慢慢往左偏過，就要撞上我們一家四口。

錯了，安息的山頭不是這邊！我急得揮斥，他們卻渾然未覺；回頭要帶兒子們撤退，卻發現身後空無一人。

閉眼和捂耳都是隔絕另外一個世界的安全措施，但身為保護者的長輩，卻得全神貫注，確保孩子的安危，也同時冒著被拖下魂的生命危險。

我抬頭挺胸，深深呼了口氣，俗話說：「人若衰，飼兔崽都會變畜生。」唉，兔子好像本來就是小動物吼，看來林阿萍這次又中標了。

「汪！」

怎麼會有狗叫？我最會學狗叫了，但眼下不是時機。

棺材劇烈抖動起來，扛棺的白衣人幾乎快壓制不住，又是一連串咆哮的犬嚎，恰恰從棺裡傳來。我看著棺木掀起一角，心也跟著提上喉頭，男人的手伸出棺材，枯黃可怖，憑空揮舞一陣，就在離我最近的同時，奮力把我推向田野，我整個人幾乎陷在稻田的泥巴中。

「阿萍，走、快走！」

我不認得這個聲音，怔怔地目睹那隻手被白衣人切下，再次塞入棺材裡，密實地闔上棺蓋。

喪失意識前，我看見白衣人的長袍下沒有真正的腳，都是兩支套著草鞋的竹竿。還有，他們走錯路了，漸行漸遠，那個男人不就沒辦法抵達真正的安眠之處？

□

我頭痛醒來，是在陌生的磚瓦房裡，合板床上只有一件薄被；不過沒關係，有小七當抱枕便足矣。

我摸摸小兒子擱在床邊有些褪色的腦袋，他揉著雙眼醒來，幾乎一模一樣的眸色，我心頭一跳，隨即完美無缺地朝他咧嘴淫笑。

「大姊，妳還好嗎？有沒有哪裡不舒服？」他擔心我甚於擔心自己的豆腐，這樣媽媽也不好意思對純良兔動手。「妳昨晚走一走，突然跌進人家田裡，怎麼叫都叫不醒，我抱妳到最近的人家。他們認得妳，就讓我們在偏房休息。」

「媽媽沒事，好得很呢！」我說話有點沙啞，頭一丁點暈，沒什麼大礙。

阿夕坐在床尾，呆呆攬著熊，側臉還是漂亮得令人驚艷，而小七看上去也是隻呆兔子。不行吶，林阿母不加把勁振作起來，這兩個閃亮亮的絕世珍寶一定會被搶走。

就在我起身的時候，有個五十來歲的婦人端來飯粥。給住又給吃，我立刻端起最眞誠的笑臉。

「阿嬸，沒想到我二十年沒回來，您還記得我這渾蛋。」

婦人憂鬱的臉舒展一些，輕聲說：「也是最近村裡剛好說起妳，我才馬上認出妳來。杏春小姐本來還想請妳回來一趟，妳畢竟是那個林家的子孫。」

「哦，有什麼事嗎？」我打起精神、挺起骨幹，一回到老家便碰上事件，天降大任於兔子老母。

「大姊。」小七喝阻道，我頓時含住打好的包票。「嬸婆，妳面露哀色，是否有人過身？」

他阻止我惹事，卻自己接下來，都忘了咱們是一家人，兔子的事就是牧場的事。我看床尾的阿夕木然地望著老母和弟弟，要是平常的他，早就掐死好管閒事的我們了。

李家二嬸用眼神向我詢問這白嫩的青少年是誰，看我這陣仗，她大概也心裡有數。

「我小兒子，亂可愛一把，不是嗎？」

「和妳長得不像，不過感覺很像。從我嫁來這庄頭，認識妳家的人，總想這世上怎麼有不分親疏的好心人，沒有嫌棄過別人家的麻煩。」李二嬸感慨著過往。每次只要碰上和我家裡人交好的長輩，他們總是感傷那份隨亡者一起逝去的美好。

「您過獎了。」再怎麼雞婆，我心頭大半田地還是留給自家的寶貝。

小七插話請李二嬸不要被我轉偏話題，李嬸才回神說起這半年庄頭的變化。

這個月以來，喪事棚子沒有拆過，總是一家緊鄰著一家，雖然庄裡多是年歲已高的老者，這麼密集的死訊，還是讓村人驚惶起來。

「杏春小姐很熱心，多虧她替無後的翁婆打理身後事，可是好心沒好報……」

李嬸說的「杏春小姐」，就是我們村子大地主的獨生女，長我五歲，已經是這方圓十里和我年紀最相近的女性，然後方圓十里和她年紀相仿的異性，只有我家小叔。我家基因很邪惡，淨是俊男美女，長在這個山村特別招搖，杏春小姐也不幸中箭，國中都會來我家等小叔一起去上學。

一向毒舌的小叔私下向我吐露，杏春是個好女孩，但是他們沒有緣分。

我當時覺得，只有十多歲的叔叔，擺出成人的無奈有點好笑，沒想到小叔不到二十五就走了。當時杏春小姐還追到小叔的大學去，代我家人對鏡頭哭嚎：林采禕不是會自殺的人，求求社會還他一個公道！

我是在去幫爸媽認屍的路上看到新聞報導的，那時已經不相信「公道」這兩個字了，只是想，原來國中畢業就分手的杏春小姐，還是這麼喜歡小叔，又想起小叔那句「沒有緣分」的預言。

杏春小姐身爲地主之女，自然要待在家裡繼承地產，我離開村子前就招贅了女婿，聽說是個讀書人。

負心多是讀書人，她的第一任丈夫捲走了大半存款，跟了所謂識風趣的都會女子；好在她家還是很有錢，再接再厲招第二任。第二任婚前就有風聲說人品不好，說話特別高傲，杏春小姐還是鬼遮眼地娶了，結果第二任染上賭癮，輸掉地主家十八代積累的大半田產。

杏春小姐和我通電話時，只是說：「運氣眞背。」視錢財如糞土。

連兩任都遇到渣，地主大人也不強求了，闔眼前只叫女兒好好照顧自己。杏春小姐舉了我這個鮮活實例安慰他爸，城市小孩是白瓷娃娃，鄉下小孩是泥巴捏的，瓷器不好好捧著會碎，泥巴怎麼摔也還是泥巴。

但是身爲泥巴之子的我，也不得不承認，再隨便的爛泥也不敵「眞愛」的魔咒，杏春小姐就栽在第三任老公手上。

「看他們夫妻那麼恩愛，想袂到姑爺死得這麼早。大小姐瘦得像杏枝，哭得足傷心。」李二嬸抹了抹眼角，無盡遺憾。順帶一提，我們村簡稱前二任丈夫叫「渣」，第三任才叫姑爺。

連年輕的地主姑爺也一夕暴死，村人決定放棄正派光明的現代科學，要去尋高人過來鎭壓瀰漫村中的死亡氣息。

「若是以前，一定先找妳阿公商量，他什麼都知道。」

「既然我回來了，你們就不用再怕啦！」我這個人沒繼承爺的才華和學識，都是靠耍嘴皮子博得人望和社經地位。

小兔子在一旁非常惱火，我朝他眨眨眼，要他不要計較媽媽搶他風頭，先平撫村人的不安比較要緊。

我們告別李嬸，表示林林七事務所在安家的同時，也會對村民的不明死因展開調查。

李嬸在我走前，欲言又止，見我衝她微笑，阿嬸才附註一個私人感想：

「對了，阿萍，人家都覺得，過世的姑爺肖妳家小叔。」

小七跟我鬧了一會兒彆扭，還是過來跟我牽著走。

「妳命才撿回來，又要拿去拚嗎？拜託妳不要再管事了。」

「愛兔，這是我故鄉。你看我們這團沒有男人跟著，阿嬸也沒說半句話，和公寓的那些長舌鄰居不一樣。這裡雖然貧困，但人很不錯，我二十年來也沒爲地方盡過心力，他們難得需要我，媽媽總是義不容辭。」

「可是我的法力還沒好，沒辦法保護妳……」他垂下眼，我拍拍他的頭。

「你不是一直想當普通小孩？我跟你說，普通小孩在成年之前，都是讓媽咪保護著，這點自信我還是有的。」

「少來，妳這個衰尾道人，都自顧不暇還敢說大話。」

我把額上的冷汗抹去，漾出笑容：「我看著你們祖公仲裁長大，他總以人的角度找出眞相，剩下不可思議的部分，再由他挑選正派的道士處理。小七，要以凡人的身分跟媽媽一起努力嗎？」

「都出人命了，當然不能放著不管。」七仙非常在意村子的安危，把我老家當自己家一樣重視。

騙取到兔子，我暗暗得意，不過總覺得背後有些冷。回頭只見阿夕死板的絕世容顏，我想，等他線路接通，第一件事就是宰了笨兔子上菜。

從李嬸家到我家，要過一條大溝，再走一段林坡地，大搖大擺進到李家庄頭，從村口走到村尾，還得繞小路深入山中，才是林家大宅。

放眼望去，到處都是兒時作孽的回憶。小七雖然一直嫌我災星轉世，但也很認眞地聽我講古。經過大圳溝的時候，我熱情介紹差點被水神拖去嫁掉的案發現場，小七立刻把我牽緊一點。

終於回到我從小長大的村子，每次清明帶阿夕來掃墓，總是過村頭而不入，這次可要好好藉著小兔子和大帥哥的陣仗，衣錦還鄉。

效果很好，村人不約而同地停下手邊工作；我回以優雅的微笑，不時揮揮玉手，如同謝票的鄉民代表，而且還能看到小七憋紅臉，怯生生地對鄉親說：「您好。」

要不是因爲行李太多，應該趁機與父老們攀談，只好跟他們約定晚一點來喝茶。

和大伙打完招呼，突然響起尖銳的狗叫，黃狗迎面奔來，我一時錯認是兒時玩伴，想抱，狗狗卻凌厲地對阿夕和小熊咆哮。

熊寶貝膽小地哭起來，直往阿夕領口鑽去。我這個老母挺身跟狗狗談判，可惜這隻黃狗沒當年大黃聰明，不能理解我的意思。

「嘟嘟，回來！」穿著明黃長裙的女子拿著狗圈追來，長髮束成辮子，守舊地垂在胸前。「抱歉，牠突然衝出去，嚇到妳了。」

「杏春姊？」

女子一邊熟練地抓著狗，一邊抬起溫雅的臉龐，認出是我，由衷露出驚喜的樣子。如果她眼下沒有哭腫的眼袋，我就能盡情施展出當年的撒嬌功力。

「阿萍，什麼時候回來的？」

「嘿，看我多有情有義，一回來就來見妳。」我上前給她一記深擁，她喉頭因而哽了聲。「大小姐，想妳了，借我錢。」

□

當我們一家子到達老家門口院埕，小七還不停數落我這個沒臉皮的女人，都不懂地主在村裡等同於金主，生活有急需者都可以上門周轉，利息很有彈性，深受村人愛戴。

而且我有點擔心杏春小姐挺不過去這個坎，現在被我欠了一大筆錢，她當然要好好活著討回來，看我多麼用心良苦。

「話說回來，小七，有沒有很感動？本來年初二就想帶你過來……」卻差點在觀光別墅被土石流給淹了，阿夕也因為和山神對幹而換來一身高燒，不得已提前打道回府。「清明也想過，只是我被奪舍，還有暑假……」

「大姊，妳不用說了，我們家太賽，再提也是傷心。」小七堅強地往古厝邁開步伐。

當初我爺揹著我阿奶來這裡落腳，一開始只有間簡陋的木屋，好在早早生了大伯，才三歲就跟著爺爺去學泥水匠的技術，父子倆同心協力砌出一間三合院落，是全村第二漂亮的宅子，僅次於地主家用錢砸出來的日式雅房。

我推開廳堂兩扇烏木門板，聞見老宅子的霉味，灰塵抖落在我肩上，這個家看上去是那麼熟悉而陌生。

爺，之萍回來了。

我深吸口氣，轉身把大小兒子拉進屋中，全部抱得牢緊。既然回家了，就不會有什麼來傷著他們了。

我先帶他們到臨走前唯一整理過的主臥房，打開窗子通風，灰塵撢撢，地上掃掃，再將小熊和大帥哥放在柔軟的床鋪上。

我擰乾布巾，給阿夕擦臉擦手。我這輩子好像也就照顧過他兩年，看他目不轉睛地望著我，我額際和他輕觸了下。

「今夕，累了先睡。」

熊寶貝代阿夕回應。一人一熊安靜地窩在昔日爺爺的床上。

大事抵定，總算可以玩兔子了。

「哪來的總算？不准碰我！」小七氣呼呼地瞪大眼。

我帶小七選房間，從爺爺隔壁起算，依序是小叔、姑姑、大伯的房間；爸媽因爲結婚，特別打通兩個小廂房做夫妻新房。小七看來都好喜歡，不知道該怎麼抉擇。

最後是我的老窩。想當初我長大分房出來，姑姑還擔心小萍一個女孩子睡厝尾會不會不安全，而我本來就是爲了方便偷溜，才選上原本藏書用的庫房，還拿出升學主義當藉口，通過家族會議。

不過，新居落成兩個晚上過後，家中長輩又在爺爺床上發現酣睡的我。爺爺只是寵溺地拍著我的背，沒辦法，我們爺倆沒有彼此實在不好睡。傾盡人力物力打造的新居最後淪落成給小屁孩寫功課的地方，我沒少被擰臉皮子。

時至今日，有個對我房間情不自禁猛眨眼，眼中閃閃發亮的小男生，我想伯姑小叔的努力也沒有白費。

「小七，喜歡嗎？」

七仙竟然用力點頭，喜歡到他都忘記自己是隻彆扭兔。

我趁勝追擊，把他招到床邊，打開床頭櫃，翻出私房寶物，給寶貝兒子傳承下去。

「這是大伯做給我的木頭狗，汪！」我把巴掌大的小狗放下，它還會沿著床板咯答咯答地走。「另外是我爸留給我的小刀；唉，都鏽了。還有母親縫給我的小荷包；唔，我娘什麼都行，就是不熟女紅。這個化妝盒是姑姑用工作後的第一筆錢買給我的，要我學著打扮；兔兔你要嗎？讓媽媽過過有女兒的乾癮好嗎？」

「才不要！」

至於勤學加天資傲人的小叔叔，這滿屋的書都是他贈予姪女的手筆，只是我會暈書，對不起他。

最後，我拖出壓箱寶，輕拍兩下，是用孩子舊衣密密縫出來的布兔子；追根究柢，我對小兔兔的執念可能源自於此。

小七接過比熊寶貝還小的兔布偶，撫摸它泛黃的長耳朵。

「我阿奶本來要縫給我小叔的下一個孩子，可惜她紅顏薄命，沒有撐過去……」

我沒再說下去，因爲小七雙眼怔怔地溢出淚來。

「大姊，好奇怪，我到底怎麼了？」

我下意識捧住他失神的臉，盛了滿手的淚。這些年風雨走來，我已經能笑看世間無常，但他一哭，我心都要跟著碎了。

曾經有個美少年問我，會不會想把小七裝進寶箱鎖上，我那時充滿自信地否定，但當大雨淋到眼前來，我寧可他在家裡悶頭吃點心，也不要放他自由。

我從沒想過會對一個孩子憐惜至此，好像我這輩子就是爲他而活。

等我餓到醒來，懷裡正好有兔肉可以大快朵頤；小七眼睫還濕潤一片，沉沉睡在我胸前。但我還是忍痛掙開他的小爪子，含淚去準備飯菜。

杏春小姐把她家的食材大慈大悲地分了一半給我，我站在停伙二十年的灶房，猛然想起一件大事——人家，不會煮飯！

早知道應該厚著臉皮留在地主家吃喝，我記得杏春小姐幫小叔做過便當，還做得很好吃，十分扼腕。

我試著雙手合十，用力跺地三下，拜請廚藝最好的姑姑上身，果然無濟於事。

孔子有云：未知生，焉知死。他老人家說得很有道理，我去找活生生的阿夕。

我蹲在床頭，學狗狗低嗚：「夕夕，媽媽餓了。」

媽，眞受不了妳。本來以爲可以看到大兒子溫柔又無奈的微笑，卻只停留在我的妄想中；阿夕是睜了眼，但依然面無表情，看我就像看個大廢物。

「小傢伙給妳抱，站在一邊，給我學起來。」阿夕邁步走向廚房，古早的爐灶也難不倒他，燒柴燒水，俐落得很。

因爲兩手抱著熊，我不方便偷吃。蔥爆肉絲好香，白米飯也好香，阿夕打下的蛋會跟著鍋勺一起轉動，炒菜聲像是節奏鮮明的進行曲。

他留著爐中的餘燼給湯保溫，交代我叫醒小七吃飯。之後，眼中那點亮光突然熄滅，應聲倒在我肩上。

親愛的神仙教母，我會感激涕零地享用這一餐。

小七聞香而來，看見許久未見的溫熱飯菜，又差點哭了。

「今夕哥竟然抱病煮飯給我們吃……」比起不中用的老母，長兄對這個家實在不可或缺。

我家飯廳和廚房一體，上菜方便。餐桌是純手工木頭方桌，四邊各一張長板凳，總共可容納八個成人，現在我們只有四口子，坐起來有點空。阿夕恍神挨著我坐，小七和熊則坐在靠阿夕那側，平均分配一個大的顧一個小的。

小七不小心把布兔子一起帶來，小熊很喜歡，就算吃飯也抱著不放，正牌兔子溫柔摸著小熊的腦袋瓜。

吃個大飽後，我們移駕到客廳，我努力搖了搖二十年前的老電視，竟然還能看。我家自有一套發電設備，時至今日尚能運轉，顯示我小叔的電容設計搭配大伯的機匠功力打敗了歲月的考驗。

我倚著木頭似的阿夕，不時拍打小七的背脊，一家人窩在藤編椅子裡。如果連該秀逗的老家電都沒壞，海不枯石不爛，就這樣過一輩子似乎也不錯。

雖然想一直發呆下去，但兩天沒洗澡，又走了一天的路，我和小七都有點發臭。阿夕至少剛才有擦過澡，而且他是王子殿下，放屁都是香的；於是就把熊阿爹交給熊寶貝看顧，兔子母子去洗香香。

小七任我牽著走向後院半露天的浴池，覺得似乎有哪裡不對，但一時間他安逸的腦袋瓜又想不出來，只能任我擺佈。

遮雨用的竹棚子長了青苔，棚子裡是片半天然的石砌浴池，我清乾淨池底的落葉塵土，打開水龍頭，水管咕嚕幾聲，順利冒出溫熱的泉水。

這個家就算人不在了，還是一樣寵我。

「大姊，是溫泉。」小七背對著我下水，儘管他試圖用雙手遮好，我還是瞥見兩眼小屁屁。

「對呀，世外桃源。」

「我道觀也有溫泉，像今天這樣不會太冷的秋日，師兄弟會一起泡著。」

我笑咪咪望著沉浸在美好回憶的小七，告訴他，我家浴池會建這麼大，也是爲了闔家共享，我嬰兒時期就被放在木造澡盆裡，隨著大人們的笑語，慢悠悠地在池中轉著，讓我懂事前就明白活著的好。

「大姊，妳家和我以前的家眞的好像。」小七說他也被放在盆子裡轉圈圈過。

我呼呼笑了兩聲：「是嗎？」

沒人管，所以泡過頭了。我和泡回一頭白毛的小七，搖搖晃晃地走回臥房，碰碰兩聲，倒在床上。

說之以理、威之以勢都阻止不了林之萍管閒事，而今晚的我卻把杏春小姐單薄的身影放在一邊，陷在兔子毛茸茸的溫柔鄉中。

半夢半醒間，黑影籠罩我們母子倆，摸著我們未乾的髮，用低啞充滿磁性的聲音唸了兩句，把我跨在床外的腿收到被窩裡。

阿夕輕聲打開房間紗門，安靜坐在屋子與門埕間的戶磴上，獨自品嚐黑夜。

山風拂來，松影在阿夕背上搖擺，穿著露肩T恤的美男和松濤，相當詩情畫意。

他似乎張了張口，卻咳了幾聲又沉寂闔上。眞可惜，就算引來山魅，我也想聽阿夕在這般夜色下清唱一曲。

□

次日天一亮，我便動身前往村中的大榕樹祠，那裡有早餐小販還有耆老，晚了就買不到豆漿也聽不到八卦了。

我的到來免不了掀起一陣騷動，老人家的瞇瞇眼都睜大三分，不停追問我在外頭混得怎麼樣，帶回來的兩個孩子又是如何？

我笑得很謙虛，一副就是大富大貴後的姿態，他們有的看過新聞報導，也沒細聽內容，只選擇性接收「那個美麗幹練的林姓某女，如何遊走各大公司主管之間，靠一張嘴征服商場」之小道消息。

我說，林之萍那些小成小就都不重要，重要的是村子的事。這種放棄誇耀自己的氣度著實擄獲老人家的心。他們欣慰非常，直說以前那個成天惹是生非、弄得大伙雞犬不寧的死丫頭終於長大了。

回到正題上來，耆老們已經到了不避諱談死的年紀，不會像李二嬸隱晦某些環節，他們慢慢唸起亡者的名字，地主姑爺、李大太公、李三太婆……一個一個回溯到事件的開端。

時值秋冬交替，月前某個氣溫驟降的夜，李四叔公走了。山村不興殯儀館，也沒有放冰櫃的習慣，李家莊又離祖墳西山不遠，通常三日內即出殯，卻遲遲聯絡不上四叔公在外地的女兒。

眼見屍身開始發黑，能輪值守顧的人力又不夠，杏春小姐便挺身操辦叔公的喪事。

四叔公有後，說起來不合禮。烏頭法師請杏春小姐擲筊，竟連著三個哭杯。法師解釋道，並不是死者對杏春小姐不滿，而是她的命途正處於某種混沌的狀態，不該來碰死事。

「姑爺聽了，就不願大小姐插手，剛好山下來了消息，說是四侄的女兒在外縣市走唱。姑爺下山去找人，臨走前託付大家照看杏春小姐。」

姑爺離開當晚，村人不約而同夢見四叔公回來，紅光滿面，說他在仙境悠遊，希望老朋友能一起來陪他喝茶下棋。

杏春小姐得知此事，大驚失色，喪葬不能再拖下去了，趕緊再去請法師過來。之前的法師抽不開身，另外來了衣袍華麗的尖臉師父，強硬要杏春小姐代替四叔公女兒跪在屍首前，請求亡者息怒。

法師在靈堂吟誦經文，三清鈴每響起一聲，杏春小姐的肩膀就跟著一震；其他幫忙的村人被攔在堂外，不清楚裡頭的真實情況。

等姑爺領著哭哭啼啼的叔公女兒回來，殯殮已經結束。

姑爺臉色很差，質問有誰來過村子，又急著回家找杏春小姐。看他慌張的樣子，害大家跟著緊張兮兮。

事實證明，姑爺的神經線沒有錯。四叔公頭七那晚，村裡跟著走了兩個和他最要好的長輩。

招朋引伴並不是太稀有的事，畢竟後頭過世的長者年紀也到了，但太婿婆和三伯公回來奔喪的兒女，卻夢見自家老父老母哭訴他們被騙了，四叔公雙足健壯，早就上路了，來勾他們的是不乾淨的邪物。

村子亂成一團，等喪事辦完，那兩家人立刻下山，結果事情又落到杏春小姐頭上。

一開始的那個爲頭法師再被請來，卻立刻掉頭走人，說他無能爲力，請村人做好準備。就因他們不識歹人，請了邪魔進來，現在每戶家都被牽上黑線頭，陰魂使者就等著夜晚降臨來捉人。

我聽到這裡，忍不住打個岔。全場望向我，包括賣早餐的隔壁村吳伯，沒人要陪我尖叫一下。

之前我遇上的都市奇談在這般鄉野怪談底下，竟然顯得平淡了。

「誰教妳回來的時候，姑爺已經走了。」

連續三個七天週期積累下來的恐慌，就因爲那個努力爲眾人奔走、全心全意保護著杏春小姐的男人死去，跟著沉寂下來。

杏春小姐哭暈過去的隔天，就砸大錢請人修好對外道路，又重金託公會代徵願與邪魔一搏的得道高人。

大小姐放棄逃跑，選擇報仇。

「李細有夢見姑爺，姑爺叫我們能走的快走，還請大家幫忙苦勸大小姐。可是，妳嘛看到，杏春小姐死都不走，她在等姑爺回來接她。」村人們哀哀嘆息。

雖然這裡交通不便，但就他們所說，只要有兩三天緩衝期，大家就能收拾好自家的細軟，雇台小巴士，分幾趟把村人全都載到山下避難，也不會太難。

「杏春小姐也這麼說過，但實在不甘心。」不甘心就這麼向「惡」低頭。

「你們不怕嗎？」

「怕死嗎？」老人家的眼都笑瞇了。

抱歉，是之萍在塵世接觸太多庸人，小瞧了您們。

日頭大亮，時間也差不多，我拎著早點起身，最後再請教長輩們一些細節。

「姑爺長得如何？」

「瘦高瘦高，皮膚很黃，聲音洪亮，很一般的莊稼漢子。」

是讀書人嗎？態度很高傲？沒事撂英文？習慣用鼻尖看人？都沒有，那哪裡像我家小叔？

我走向村尾，正打算要帶些早餐去給杏春小姐，恰巧山坡蹦蹦跳下來一隻熊。這很難得，小熊一向怕生，今早卻趁他哥哥們睡著時偷跑出來遛達，可見他喜歡這村子。我蹲下身，朝熊兒子張開雙臂，熊寶貝興沖沖地撲進媽咪懷裡。

「小熊，這些你提得動嗎？」

熊寶貝拎起豆漿饅頭，做出舉重先生的手勢，強調他強健的臂力，很好。

「帶回去給你哥哥們，媽媽辦點事，忙完就回去。」

我給小熊的左右頰啾了兩下，目送他抱著早餐回家。真乖，就這點來說，兒子們都不像我。

於是，我修正路線到地主家。路上稍微想像了下杏春小姐在幹嘛，可能梨花帶淚悼念逝去的夫婿，或是幽怨地給草人插針；但答案全部落空，她在前院餵狗狗，還滿有精神的。

我也湊過去玩狗；黃狗嘟嘟一反昨日敵態，熱情地跳上跳下，我忍不住和牠打鬧起來，就像是上輩子的老朋友。

杏春小姐看著人狗大戰微笑，只在我想試試狗糧口味的時候才出聲阻止。

「小萍，看妳都沒什麼變，真好。」

「小……」我聽得連咳三聲，杏春小姐還問我怎麼了。

她像以前一樣，把我牽進屋內洗手，然後叫我先到內廳休息，她去廚房弄點心過來。二十年過後，她依然是林小萍心目中的鄰家姊姊。

杏春小姐用漆盤端來兩碗紅豆湯，湯上浮著兩顆小湯圓，吃起來甜而不膩。她打開電視，又從櫥櫃翻出相簿。我有時比較遲鈍，見她拿出我七歲時和大黃的合照，寶貝地捧在手心，才意識到這世間只剩我們見證彼此的過去。

「妳從小就是個漂亮娃兒，討人喜歡。父親曾帶我去見過幾個表姊妹，都沒像妳這般投緣。」

杏春小姐一直以來對我都是不淡不鹹，不知道她原來是這麼看我的。現在想來，她連我把她細心養著的愛犬咬得滿口毛都沒生氣，怎能不算疼愛？

「之萍，我死後，想把財產過給妳。」

「唉呀，說得像交代遺言，不好吧？」

杏春小姐欲言又止，臉上透著一股決絕。我在榻榻米上躺了下來，請她盡量說，就算大小姐長痣瘡，我也不會笑話她。

「過兩天就是他的頭七，他會來接我。」

「妳就這麼跟他走嗎？妳確定那是眞正的姑爺？」

「他說過，不會把我拋下。」杏春小姐低首摸著跪坐的膝頭。

我眼睛雖然向著電視，心裡卻難過死了。

「杏春姊，我想看你們夫妻的合照。」

杏春小姐遞來結婚照，取景於村子口。她穿著鳳凰繡的大紅旗袍，姑爺則是上半身黑西裝、下半身牛仔褲，笑得門牙都露出來。

我幾乎要把相片中的新郎看穿個洞，這麼爽朗、樸實的一個人，到底哪裡像我家彆扭的小叔？

「怎麼認識的？妳不太提他。」

「因爲眞心喜歡，怕說太多會留不住。」杏春小姐和炫耀成性的我完全是兩種人。

我聽了大小姐和姑爺的戀愛故事，簡單來說，就是現代版的地主千金與癡情長工。姑爺是兩個鎮外的人，本來在模具工廠做工，後來工廠倒閉，來村裡向杏春小姐租田耕作。地主大人在世時，就誇過姑爺是個耿直的漢子，熱心幫他作過媒，都被姑爺婉拒，久了，地主大人還打趣問他是不是有心上人。

一直到杏春小姐第二次離婚，姑爺才鬆口承認，的確有心儀的女子。

地主大人四處去賽賽狗、飛飛鴿，才聯想到姑爺的心意。如果是圖一份地主女婿的好處，還能商量，但姑爺卻是想要杏春小姐這個好女人。

地主從世界著名的賭場贏錢回來，好意勸姑爺死心，她女兒心裡有個情人模範，想談眞感情，只會兩敗俱傷，不如和美的婚姻相敬如賓。

姑爺沒有接受老人家的建言，只是答應替地主大人管理山下的佃租。

地主大人過身後，狗屁倒灶的人和事開始找上杏春小姐，包括從沒見過的親戚朋友、自稱地主情婦的女人、兩個前夫等等，這個純樸的小山村一下子擁入一大群騙徒，人口密集起來，吳伯早上都得多煮一鍋豆漿。

杏春小姐祭拜好父親，除去喪服，開始清理不良份子。頭一件事就是通知村人，她要養狗狗一個月，請大家準備好耳塞。

聽起來沒什麼，但她從外頭帶回來的狗可是獒犬。每天早上她出來遛狗，都會見到大狗嘴邊殘留不明血跡，村中的無賴被趕跑大半。

沒辦法接近她，女性同胞就想以電話閨密的方式，跟她拗到遺產。杏春小姐很有耐心，她能坐在老人椅上聽疑似地主情婦的女人哭訴一整天，直到對方繳不出帳單被停話。

一切都照鄉村的步調慢慢來，僅有的插曲就是兩個前夫。第一個請的律師輸杏春小姐，完敗；第二個死纏爛打，硬是向旁人宣傳他和杏春小姐的夫妻情分。他無業，總是等在家門口伺機糾纏她，杏春小姐苦惱著要不要放狗咬前夫。

「要，妳就放狗咬他啊！」我插嘴，心有戚戚焉，女人心軟總被當作餘情未了，後患無窮。

就在此時，重頭戲來了，還未當上姑爺的男人，從山下帶來佃戶送給杏春小姐的蔬果，正巧撞見前夫噁心的嘴臉，奮身上前制止渣男。

第二任看到姑爺百般維護杏春小姐，猥瑣一笑，說了不少陰損的話，掉頭離開。姑爺確認渣丁從杏春小姐視線消失後，才扛著食物進屋。

之後，姑爺每天都會不定時上山巡邏，獒犬兄弟見他只會「汪」一聲，像是交班打卡。杏春小姐不喜歡這樣，既然沒那個意思，就不想利用他的心意。於是，姑爺避開杏春小姐在村中來回巡視，也因此讓村人察覺他喜歡大小姐。

一月期滿，村子也平靜下來，杏春小姐依約把獒犬歸還，獨居大宅。是夜，她聽見後門傳來打鬥聲響，村人也被騷動驚醒，出動村中平均五十歲以上的義勇隊，在地主家後院發現姑爺和前夫及其帶來的兩個流氓，四人橫臥在地，血痕斑斑。

「瘋狗！」送醫時，第二任的渣還不時咒罵姑爺，他被咬斷兩根指頭。

杏春小姐探望救美的英雄前，還沒多大感覺，直到去醫院親眼見到被包成木乃伊的男人，才真正用心去想這人何必為她豁出性命。

姑爺沒有親人，杏春小姐在床邊等著，讓他醒來不必面對獨自一人的病房。

「小姐？」約莫黃昏時分，男人終於清醒，見到她，立刻露出憨笑。

杏春小姐「嗯」了聲，下意識伸手撫摸男人的平頭，男人也乖順地往她的手心蹭了蹭。蹭完還伸長脖子，從她的小指開始舔起，弄得整片掌心都是口水。

「黃諧，你是狗嗎？」杏春小姐出聲道，男人驚醒，口中還叼著她的手腕。

自此，姑爺搬進地主的家，展開未婚同居的生活。

「本來是打算能有身孕再結婚，前兩任都沒有懷上，那時也快四十了，我看自己大概不成。他還安慰我說，自己也是命中無子，能白頭偕老就好。」杏春小姐垂眸回想亡夫的情意，曾經那麼幸福，如今卻變成糾結的源頭。

我覺得不太對勁，從村人到杏春本人的評價，姑爺總不離憨厚老實，但能講出一口甜言蜜語又不令人生膩的男人，肚子通常有點黑。這又更不像我家小叔，小叔雖然嘴巴壞得很，但其實單純不過。

「有一天我回來，他趴在玄關，要我坐在背上，在屋裡爬來爬去。本來覺得有點意思，後來就厭了，問他在做什麼，他就跟我求婚，不答應不放我下來。」

「妳答應了？」私以爲黃姑爺很不簡單，完全摸清杏春小姐的脾性。

「答應了。」杏春小姐低頭撥弄裙襬，「我們成了一家人，他發過誓絕不會拋下我。」

我戳戳相片中笑顏燦爛的男人，依村中老人家的供詞，每七天就有人被牽魂，而今天是姑爺過世後第五日。

「那是人的諾言，我爺說，亡魂不再是生前的他，死了就不算數了。」

「之萍，我不知道爲什麼自己還活著。」

我仰躺著，腦袋左右擺動，跟杏春小姐討摸，她也不負所望，細細撫摸我的髮，我拉下她纖細的手腕，當狗骨頭細細啃著。

「林小萍，妳是狗嗎？」杏春小姐薄嗔一聲。

時光拉回三十年，杏春小姐還是花樣年華的少女，天天穿著不同的洋裝，不過衣服再漂亮也沒用，一到院子就被滾得全身泥的我和大黃前後夾攻，弄得身上都是狗爪子印。

她精心打扮，都是爲了等放學順道來接我回家的小叔；然而，沒讓他看到最美的一面，倒是讓他見識到如何發飆馴狗，惹得小叔放聲大笑。

「都怪我叔禍水，害妳空轉那麼多年頭。我那預定姑丈早在姑姑死後就另娶嬌娘，妳卻這麼癡情……」我把杏春小姐的指頭咬得都是牙印，「姑爺是好的，妳除了他，也不想再找第五春，要不，嫁給我好了？」

杏春小姐收起手，用力捏住我的鼻子，逼得我嗚嗚叫懺悔。

「我怎麼會以爲妳說得出正經東西？」

太過分了，我明明很認眞。

「杏春姊，要是敲門的鬼不是姑爺，而是眞凶，妳也會跟著去死嗎？」

「不會。」她答得滿是怨恨，未亡人和喪子的父母同列世上最危險生物。

「會因為牽魂對象改變心意，表示妳並不是真的想死，而是太傷心失去姑爺。」

杏春小姐低低哭了起來。親人剛離世那陣子，腦袋都濕答答的，一碰上哭點，淚水就滑落下來。

我不知道這樣能否讓她回心轉意，生者為大，我總是要先為她打算。杏春小姐性子溫順，家產殷實，沒有兒女之累，現在才正要入冬，待明年杏紅春暖，或許還有更美滿的幸福為她開展。

正想著，我隱約聽見前男友的聲音，對杏春小姐的遭遇太入戲了，竟然想起龐世傑那傢伙……不對，真的是他在說話。

不知不覺，已經到午間新聞時間，電視中的龐世傑似乎變了個人，從天真的富家公子淪落為滄桑少董，但總之還是個少董。

「近日因公司內部問題，造成社會困擾，我代表萬隴集團致上最深的歉意。」

龐世傑在鏡頭前，九十度鞠躬十來秒，底下閃光燈連發。

「今後公司會如常營運，請投資者寬心，也希望媒體記者朋友把這件事作結，不要再追趕無辜的婦孺。」

說是這麼說，台下還是冒出「前未婚妻」、「私生子」等敏感性字眼，窮追猛打那個跟他有染的林姓女祕書到底身在何處？

突然有個儀容不整的胖子蹬上台，一把搶走麥克風。

「不要造謠，他們之間完全沒有關係！散會！」

我看著憔悴的老王，都能從螢幕估算他的肚腩瘦了幾斤肉。他的襯衫領口空的一片，胖子不是出席重要會議會忘記打理自己的人。

現在的我，連打通電話跟他道歉都不敢，他一定很生我的氣，不會再原諒我了。

杏春小姐用手巾抹乾淚，注意到我的異狀：「之萍，是不是在外頭受了委屈？」

「沒有，只是危害世人回來，心裡愧疚。」

□

我回家擬定英雄救美計畫，從圍牆邊就聽見熊的哭聲，熊寶貝和昨晚主婦阿夕洗好的衣物，一起被晾在門口埕的竹竿上，爪子還在滴水。

「路上打翻豆漿變豆奶熊，哭著回來。」小七攬胸站在廳門邊，用眼神狠狠責難我這個兩光的母親。「妳竟然放得下心讓這麼小的孩子在山路跑跳，熊仔要是掉到山谷怎麼辦！」

「撿起來拍拍。」

「被溪流沖走怎麼辦！」
「撈起來擰乾。」
「被黑熊撿走怎麼辦！」
「回歸山林？」
「完全聽不懂人話！」小七氣得蹦蹦跳，而我只是想跟他抬槓一下，過去揉揉洗過的熊。熊寶貝垂著腦袋，好像很難過沒把媽咪交代的事辦好。
小笨蛋，下次要小心一點。媽媽會慢慢教你攀岩、游泳和搏擊野生動物的本事。
我和小七同心協力弄午飯，在洋溢幸福的氛圍下，說起陰魂捉交替之事，而在餐桌旁優雅發呆的大兒子則略略搧動眼睫。
「大姊，這個交替不是陰世亡魂和投生額度不均那種鬼界本質上的缺漏，而是人有意爲之。」
我也這麼覺得，嗅到一股濃厚的陰謀味。
「我要是早點到這裡來就好了，雖然我的法力幾乎被鍊住，但總是可以挽回點什麼。」小七不愧是我的兔子，母子倆想的幾無二異。「若是以邪道那方來看，首先此地一定有讓他們駐紮的原引，然後勘察此地的風土民情，評估下手成功的機會，等待時機成熟。我很擔心，通常手段狠絕的邪術，背後的目的更是陰毒。」

小七畢竟是當過大道士的兔子，這些還真是凡人的我想破頭都不會知道的專業領域。

「邪法常需要人群滋養，想當初我師門渡台，不少南派術士看上這塊土地的蓬勃生機，想趕在陰間制度建立之前放肆殺人煉魂。後來被我師兄們各個擊破，他們懷恨在心，躲在暗處煽動其他門派和白派對立。我本身也有碰過，他們說這是另一種成就自身的大道，我不能理解。」

他一隻白兔子試圖與邪惡溝通，卻發現那對他來說幾乎是外太空物質。

「我當時是拿刀架在他們的脖子上逼供，現在叫不出白刀，該怎麼辦？」小七對抗惡徒一向以暴力取勝，不知道失去力量之後該怎麼執行正義。

如果杏春小姐明天還徵不到法師，也就只能報警了，不是指人民保母，而是陰間的公差。

小七卻搖搖頭，表示另有隱情。

「冥界已下令不准接受人間申訴。上次那位鬼官助我蔡家一案，被陰曹囚禁起來。他本來就滿身枷鎖，因我莽撞而吃了很多苦頭。」

我幾乎翻了湯鍋：「你說那個判官怎麼了？」

「大姊，我沒提過啊，妳怎麼會知道？」

我轉過身，對上阿夕深沉的灰眸。

我以為裝傻就能船過水無痕，但法外開恩的對象從來就只有我這個蠢人，而且還活得沾沾自喜。

我故意加錯辛香料，把飯做得很難吃，不停餵食味蕾敏感的前大廚，緊盯著阿夕張嘴前那抹掙扎的神情。

只是拖累到兔子，小七邊吃邊懷念昨天的晚飯，直說阿夕快點康復，才不用再吃母親煮的豬食。

吃飽飯後，小七把曬得蓬鬆的熊寶貝抱進屋，我神祕兮兮地招兔子過來，聲稱找到治心疾的祖傳祕方。

我和小七頭上都綁起白色長布巾，在頭頂打結，白布兩頭像兔子耳朵垂下。

「小七，只要你不時在阿夕跟前咕唧叫，施予小動物療程，阿夕的心病就能加速痊癒。」

小七拉著長耳朵，半信半疑，後來還是為了阿夕的病情慷慨赴義。

我和小七一同來到主臥室，兔子母子一蹦一跳，今夕嘴角隱隱抽了下。

如果單單是我犯蠢，他忍過我十多年，不差一時半刻；但是小七不同，只見他同手同腳跳到床前，傾身往阿夕湊過去，散發出全天然的嬌憨傻氣。

「大哥，你看我是兔子，咕唧唧——咦！」

阿夕暴起，扭著小七腦袋，兩手把他挾在懷中壓擠，一整個咬牙切齒。

「笨蛋，你到底要蠢成什麼地步！」

我在旁邊嗤嗤笑，手指捲著其中一隻白長耳，總算把裝頹廢的大兒子拆穿光光。

「小七，哥哥的病治好了呢，就說媽媽是南丁格爾嘛！」

□

阿夕恨死我了。

他開始順從內心的潔癖，給這棟老宅子大掃除起來，小七跟在他屁股後幫忙。因爲弟弟實在太乖太可愛，阿夕勉強理他兩句；至於老母，連不屑的眼白都吝於施捨。

我不是故意揭穿他的把戲、削他面子，而是我們對家務事的劃分有所衝突，必須好好談談。他的觀念就是一家四口，其餘的死在他面前都嫌礙眼；我則是把視線所能及、心裡想得到的對象，全都圈進來，可以管到海邊去。

「這座山陰氣很盛，剛好遮蓋住你僅剩的靈能。」阿夕把架上的書撢開灰塵，齊整地收進箱籠裡；小七徒手把沉重的書箱堆疊起來，在外層鋪上布巾；而我則隨手翻閱三十年前的漫畫。

「今夕哥，你有『看見』什麼嗎？」

「狗。」阿夕說完，我不由得揚起藏在漫畫後的嘴角。

「有妖怪？妖精鮮少和陰間打交道。」小七非常困惑。

「本來就不關陰曹的事。」

「我不是指下界，是說鬼和妖交集甚少，新死的鬼或剛成形的妖，幾乎看不見彼此。不過，我道友說過，妖怪如果化成人太久，長期生活在人群裡，誤以為自己真是人類，死了可能會像人一般化為鬼魂。」

我爺也說過同樣的話，被我小叔重重哼了一聲，回想起來似乎是戳到痛處的表情。

「那妖怪鬼能投胎嗎？」我舉手發言，小七偏頭思索，知道答案的大帥哥卻沉默如金。

「應該不行。人需三世緣，轉生沒有容納他們的名額，除非藉不法手段才有辦法，像鬼索替身也是為了搶位子。」

「如果我為妖怪鬼多燒紙錢呢？」

「我們派知鬼不多，都是那個姓陸的說的。有錢有官的地方就有貪污，古時確實有冥差貪瀆明器的事流傳下來，只要鬼王一閉上眼睛，底下人就開始興風作浪。不過，後來有整治過吏治，收錢的鬼差都被大鬼吃掉了，大致上比人世間清明。」小七侃侃說起陰間的事。

阿夕擦書的動作變慢了，端詳著總是對各方持平看待的神仙兔子。「大姊，妳那鬼方法不可行，頂多讓他在陰間過好一點。」

阿夕伸出修長的手指，把小七的臉蛋扳回他那邊，不讓兔子跟媽媽聊天。

「告訴我，臣下怠政，你會怎麼做？」

「是要我以鬼王角度決策的意思嗎？」小七朝阿夕怔怔眨了兩眼，阿夕睨下灰眸，我一時辨認不出那是讚賞兔子難得聰明，還是覺得弟弟好可愛？「或許當吏治已經崩壞的時候，嚴刑峻罰是最快的手段，我在想之後的事……之後，鬼界有變得富強嗎？」

今夕心裡一定在埋怨，家裡這一大一小的兔子，眞是他的剋星，出口必中痛處。

「我打聽過，清算之後留下來的鬼差，多半是死亡於遭遇意外，無法輪迴，所以才走上公家一途，做滿差事換取投胎的機會。沒有鬼想要做鬼，當鬼實在太苦了。要是我，我想對他們好些。」

暴君問政，兔子曰：「仁愛。」也難怪阿夕會露出吃到蟑螂的表情。

但掃除結束，阿夕卻煮了綠豆湯，低眸吹涼了給小七，疼愛有加。

可憐的母親僅分到半碗沒有綠豆的糖水，正想打滾抗議，阿夕說話了，存心將目光略過我的笑臉。

「我看你們怎麼收拾。」

家人間最好多溝通商量，不管再怎麼不可能的任務，只要打開天窗說亮話，就算鐵石心腸如林今夕，也會鬆口答應蹚渾水。

我們之間響起吉他配樂的手機鈴聲，阿夕皺起眉頭。既然他被逼得來面對現實世界，自然不能再把焦急的朋友們扔在腦後。

我和小七握拳，鼓勵他接起電話，阿夕瞪了我們一眼，風情十足。

「素心，我在……」阿夕臉色微妙起來，「我還沒死，你不要哭了，我媽在旁邊等著看笑話。」

哪有？我是關心兒子的交友狀況。

「我沒事，我知道你一定能處理好學校的事，你一直都做得很好……好了，不要哭，我只聽得見你吸鼻水的聲音，又吵又噁心！我沒有生氣！你再得寸進尺看看！都過十八歲了還想撒嬌，至少也要有那一隻的本錢！」

我得意地摸著很有本錢的兔子，小七弟弟一臉莫名。

阿夕繼續與痛哭流涕的小草糾纏著，罵到後頭愈來愈小聲，幾乎像綿綿情話，隱約聽見他心軟說了聲「乖」。

我還記得暑假那時，小草在床頭抱著阿夕的黑吉他，問我想從無心的人身上求得一絲憐惜，是不是很傻？

一點也不傻，那人不是眼盲耳聾的愚者，一直都比誰都還來得明白，只要勇敢去愛，終有一天定能求得花開。

「素心，是我不負責任，讓你受累，對不起。」

對方安靜了好一陣子，我可以想像小草哽咽著，顫抖著雙唇，停不下澎湃的心情。

「各位，陛下他，道、歉、了——！」

電話那頭傳來天崩地裂的尖叫聲，粗估有六、七個好同學在場。

「阿彌陀佛，格致，你有錄音下來吧？」

「當然，最高音質！」

「複製給我、給我！」

「呼嚕嚕，快做成搞笑影片，放到公演上播放！」

阿夕死抓著手機，理智線盡數斷光，深刻體悟仁義禮智只適用於伙伴不是渾蛋時。

「你們這些低賤的蟲子，全部都給我去死！」

□

隔天一早，我依小七交代，請村人準備紅紙和火爐。紅紙貼在門口兩側，火爐則是天黑前點燃放在門前，直到明天早上都要好好燒著。

阿公阿婆們對我崇拜死了，直說不愧是從那個怪胎林家出來的子弟。我到今天才知道，過世的家人們在村人心中是多麼神祕的人種。

我挨家挨戶敲完門，最後才到地主家。正要拿出捐獻來的紅紙，杏春小姐就回絕了大家的好意。

「這裡就是他的家，我爲什麼要趕他走？」

我也是女人，知道同類不可理喻的程度，只問她：「嘟嘟只對陌生人叫吧？」

「牠和大黃一樣聰明。」杏春小姐不太明白我的意思。

因爲大黃是我兒時友伴，個人認爲還是大黃狗狗比較靈慧。

「所以說，如果嘟嘟對『他』狂吠，就表示姑爺不再是那個發誓要保護妳的姑爺了。到時候，妳就把這個兔子平安符戴上，然後節哀順變。」

杏春小姐垂下雙眸。

□

夜色降臨，我穿著三十年前的連身紅裙，裝作孤魂野鬼的同伴，在死寂的山村四處遊蕩著。

白影掠過眼前，我衝它們一笑，它們竟然也沒認出我是個活人。

月色下，微光閃動，我瞇眼望去，村子周遭布滿密密麻麻的細線，白影就順著長線，依序到達它們指定的業務人家，但怎麼飄也飄不進客戶門埕。想來這個月來的連續強迫推銷，已經被人列為拒絕往來戶了。

我看見一抹不同的藍，悄悄步向村尾地主家；我急起直追，比對方早一步到達門口。

守門員林之萍就要與前鋒姑爺一對一了。他穿著入殮時的壽衣，左手袖子是空的，裸露出來的皮膚像蠟紙般黃，沒有影子。

這個人我陌生得很，只有眼珠子認識。

「阿萍，妳把自己充作彩紙嗎？」

「汪汪！」這是好久不見的招呼。

他望著我，眼神溫潤如昔，輕聲道：「汪你老母。」

我沒想到再見到我兄弟時，已是人鬼殊途。

「你怎麼死了？太不中用了吧！」

「我都沒命了妳還數落我這個可憐人？要不是我出手救妳，妳早就死在田邊發臭！叫妳快滾保命，而妳現在又在做什麼？」

我倆情不自禁地對嗆起來。他和照片裡見到的姑爺尊容相似，但年輕許多，五官更深更英俊，眼神還帶了一股妖媚，不知道是死後特別整容來勾人，還是這才是他本來的模樣？

「算了，既然妳執意要去地獄報到，我就捉妳去交差好了，剛好保住杏春。」男人在我面前打了記皆大歡喜的響指。

「你這隻見色忘友的老狗！」

「說清楚好嗎？妳對我來說，只是成天搶我盆內食物的死丫頭，誰跟妳哥兒們？」

我捂著胸口，連退三步，大受打擊。那些狗咬狗、不是你死就是我活的美好回憶，原來都只是人家一廂情願嗎？

同時，我又發現一個驚人的事實：「你的尾巴咧？別藏起來啊，讓我摸摸！」

他依舊是人的形貌，好像他本來就是戀慕小千金的長工，是杏春小姐愛情故事的男主角，而不是志怪小說中終於應報應死掉的壞妖怪。

「妳怎麼還像個小孩子，都沒長大？」他略略闔起比常人水亮的雙眸，「那天看妳離開村子，總想著妳一個人出外會不會受委屈？」

說到底，他還是林之萍的總角之交，全村就屬我們兩個小的感情最好。

「我還怪你不跟我走，心裡氣你兩天。」

「抱歉，在我心中，杏春遠比妳重要多了。」

「我說，大黃，你一隻狗這樣勾搭飼主，可以嗎？」

「阿萍，妳一定在想糟糕的事吧？」他賞我兩顆白目，我露齒而笑。「她的男人運太差了，我想了很久，這世上應該沒有人比我還愛她，就搶過來當。」

「那你也知道，杏春小姐最大的心結是我家小叔，她最承受不住的就是心愛的人突然離開她，你怎麼可以就這樣死了？」還在我回鄉之前沒幾天走的，害咱們不能坐在一塊，盡情泡茶聊些兒時童趣，實在是不負責任。

「阿萍，我不是人。」

廢話，我早就猜到了！

他淡淡嘆了口氣，在他還是隻狗時，就常對著月亮低嚎，慨嘆陰晴圓缺。

「這是一座山，山就有守護神祇。我守著人們，產生感情，到後來變得依戀不捨，偏離了一地仙祇該守的規矩，自甘墮落回妖。就是我的力量衰弱，才會讓邪道有機可趁。我年壽短絕，都是天意。」

或許世間有其規則，但我就是覺得沒有天理。上天任邪魔痛快殺人，卻不許好狗談場戀愛。

「黃姑爺，那你想怎麼辦？」

「看杏春最後一眼。」

「我知道你捨不得老婆，我是問之後的打算。」

「他們剝了我一部分魂體要脅，如果不帶回人命交差，就要讓我魂飛魄散。」

「喵的，這麼狠？他們到底想做什麼？」

他幽幽看著我，不陌生，我家人出事前都是流露這般不忍的眼神。

說嘛，不用客氣，我已經長大了。

「他們製造不對時的死亡，爲的就是開鬼門。」

我想裝作睿智高僧，但糾結的眉頭洩漏我腦子裡的問號。

大黃補充說明：「那些術士想要暢行無阻地到陰間去，這座山被選作祭壇。」

去陰間很難嗎？怎麼我家小七有時放學回來晚了，會一派自然地說他剛剛送了孤魂野鬼去地府？

我又聽見那個讓背脊發涼的鈴聲。黃姑爺身子一顫，痛苦地捂住胸口。

急成這樣，也不多給點敘舊的時間，我就不信沒耐性的歹徒能成大事。

「大黃，快去看杏春！」

他咬緊牙關，穿過李家大宅，嘟嘟見了他，也只是友善地搖著尾巴。他進屋沒多久，屋內爆出杏春小姐的哭嚎，我看著她披頭散髮地追了出來。

「黃詰，你不能丟下我！我不允許！快回來啊！」

杏春小姐瘋狂揮舞著雙臂，大黃姑爺只是背對著她，任她打罵。

「帶我一起走，不要拋下我一個人，哇啊啊啊！」

可能她的慟哭聲蓋過了響個不停的鈴聲，姑爺沒有再被牽制行動；又或許是害杏春小姐哭泣，比術法帶來的傷害更讓他心痛。

我來的時候問過小七，如果兩方深愛著彼此，難道不能在黃泉裡廝守？

七仙說，情愛帶不進棺材，鬼的五感不及生人，多是記得生前的痛和苦……更何況，他們死了也不會在一起。

姑爺再也撐不住身子，往前倒下，成人的軀體一下子縮小大半，壽衣裹著的不再是男子，而是骨瘦如柴的黃狗。

杏春小姐呆傻地望著大黃，忘了哭泣。大黃只是瘸著前足，過去磨蹭杏春的小腿腹，一跛一跛地走出地主的家。

等他出來，我故作驚喜地望著他的尾巴，不去揭穿男人失去面子的難堪。

「汪！」他朝我叫了聲，我忍不住大樂。

「汪汪！」永遠都是好兄弟。

他在我面前摔下，腹部抽搐不止。我強忍住淚眼，蹲下來撫摸已經失去形體的他。

他從沒打算要帶走哪個鄉親的命，千里來走這趟窮途，就像他所說的，只為了看妻子最後一眼。

「傻瓜……」活著是爲了活人，死了也還是想著活人，笨蛋才會做這種賠本生意。

大黃黑溜的瞳目安靜地垂下，我喉頭噙著的悲就要隨之嘔出。

清鈴響起，奪魂的鈴聲飄渺而來。

「草坡路上草刺高，草坡路上不見途，陰陽分路在眼前，緊去陰府不得延。」

驟起的短歌掩過鈴聲，白袍少年幽然靜立在我面前，他低身輕撫大狗的背脊。大黃在我懷裡動了動，就像被施打了止痛劑，安穩地昏睡過去。

「大姊，不要亂跑。」

我應了聲，坐看暴起的山風揚起小七的整頭白絲，不禁慨嘆大自然的鬼斧神工。像這麼一個完美承載月色的孩子，雖然不甘心，但絕非出自宗教稱爲「失敗品」的人類。

「草坡路上草刺高，草坡路上不見途，走到盡處毋返頭，魂魄趕過鬼門關。」

白影漸漸匯聚過來，小七的存在就像一盞明燈，把迷失的亡魂牽引回來，走上死者的黃泉路，如此一來，也就消弭掉歹徒在村裡造成的不平衡。

幾道白影在我身旁繞了下，我點頭致意，它們便繼續上路。我這個出外遊子，不免吸引長輩們過來看個兩眼，順帶加成兔子明燈的效果。

拔刀相助到目前爲止還算順利，但事情才正要進入高潮，被揭破陰謀的歹徒，會惱羞成怒使出什麼手段報復？敬請期待。

來了，鈴聲愈發靠近，爲首的白袍隊長高舉銅鈴，所有人都和我第一次夢中所見的一樣，袍下露出木製的雙足，是掛著衣服的木頭隊伍。

山風揭起白袍人的麻布頭巾，小七的呼吸亂了，而我處於思考不能的呆滯狀態。

「爸媽？」這不是我家那群混帳大人嗎？頭七都過多久了，怎麼現在才回來？

面無表情地掛著我家人臉皮的白袍人們，第一句話不是問候林阿萍，竟用神似生前的嗓音，平板卻異口同聲地喚著「小師弟」。

我忍不住回頭看向七仙，他那雙異色眸子呆怔怔地看著白袍戰隊，然後憂傷地舉起刀，往他們揮下。

狂風暴起，抱狗的我也差點被吹飛。小七呆滯地道著歉，他現在心情大亂，無暇顧及老母。

待風靜，歪斜著身軀、臉皮被颳破大半的木頭人，依然搖搖晃晃地往小七走來。

「小七，師兄想你，想得無法安息，師父也在等你，過來這裡。」他們輕輕柔柔地拐騙著白仙兔子。

錯了，我家人才不會說這種脅迫情感的話，早早約定好早死就去超生。

「錯了，我師門不會做這種有違大道的事，修道之人早置生死於度外。」

我神色複雜地看著小七，綜合我們雙方說詞和見解，過去被我按在腳底，嗤爲想太多的假設結果，呼之欲出。

我意會到一些事情，深感造化弄人，然後不禁惶恐起來，那些人怎麼會知道七仙小心翼翼私藏的夢，連神都未必清楚。

眼看著誘拐失敗，敵人毫不戀棧，收起各戶人家的黑線頭，連帶回收這些以假弄眞的木頭娃娃，快得像迅風一般；小七提刀要追。

「小七，不要去，百分之百是陷阱。」

七仙轉身湊近我，在我心口前隔空畫了個咒印。

「大姊，妳看，我的法力已經冒出來了。妳放心，不會有事的。」

因爲我也想知道家人和小七門派之間的關聯，就放手讓他急奔而去。結果，這個貪念誤了我一生，早知道該打滾逮回兔子的。

要是我腦子轉快一點，應該能對上敵方的頻率，他們爲什麼這麼乾脆地放棄原定計畫，採用拐走七仙的替代方案？是有什麼更吸引人的對象嗎？

靈光閃過，我這個大白癡！他們作亂是爲了開鬼門，而現在這個村子裡，誰最有資格讓陰間入口大敞？

「阿夕！」

約莫是來不及了，我家宅子傳來鬼哭似的尖叫，一瞬間頻道接通，腦中貫入今夕獨特的幽魅嗓音——「我就大方地爲你們開一次鬼門吧！」

很不舒服，我無法具體形容那種感覺，好像明知有狗屎卻不能阻止新買的女鞋踩下。

淅瀝滴落腥紅，天空下起血雨，愈來愈大，終至急滂成災，又讓我見到山上積流成河的怪異景象。

雨水漫至腰身，我抱起突然有了重量的大黃，舉步維艱。杏春小姐就站在門口，我懷疑她一直站在那裡，跟著淋得血淋淋的，那雙眼始終沒有離開姑爺。我叫杏春不要跨出家門，請她接過變得毛茸茸的丈夫。

「他是眞的很愛妳，請原諒他的欺瞞，夫妻沒有隔夜的怨恨。」

「阿萍！」

我的壞預感在一刻間凝聚成形，身後濺起水花，一雙腐爛的大手把我拖進水中，我用盡吃奶的力氣抵抗，扭頭看見那張想起必吐的噁心嘴臉。

他身上的皮肉像是被利器一片片削下，傷口全都往骨頭凹陷，雙手手心插著鐵刺，末端穿出手肘；即便如此，還是能抓著我不放，可見他的仇恨有多深。

「終於讓我等到妳這婊子！」

我撕開衣裙，讓他沒有著手處，勉強在血河中踢踏離水。開什麼玩笑，我才正要和小孩展開美麗新生活，要是沒有媽媽，誰來照顧他們？

我才吸到半口氣，又被他扯下水中，他抓著我的小腿，血口咬住我的腳踝，很享受我不得不竄出頭的恐懼。

「哈，爲了妳這雙腿，多少男人爬過妳的床？」

他把我整個人拉下，蠻橫地抱住，脫下他的枷鎖，再綁上我的手腳。我的指甲在他的手臂上抓出血痕，他竟然笑得更樂，恨不得我再賣力掙扎一點。

「朱逸！」

「原來妳記得我，妳生氣的樣子，細看還眞像我的阿狗。」

我呸！呸呸呸！什麼叫「他的」？小七可是我林之萍名下的寶貝！

我發瘋似地要掙脫他，絕對不准他再碰小七一根寒毛，但瞬間的極大痛楚攫獲我的意識——他將手臂的鐵針刺穿我的胸口。

腦子模糊，四肢脫離掌控，我只能感受鐵鍊傳來的重量，從水面墜落。

沉下以前，那男人在岸上還不停地說著像是追求者讚美的詛咒。

「我就知道，妳最美的樣子，就在死後。」

陰曹

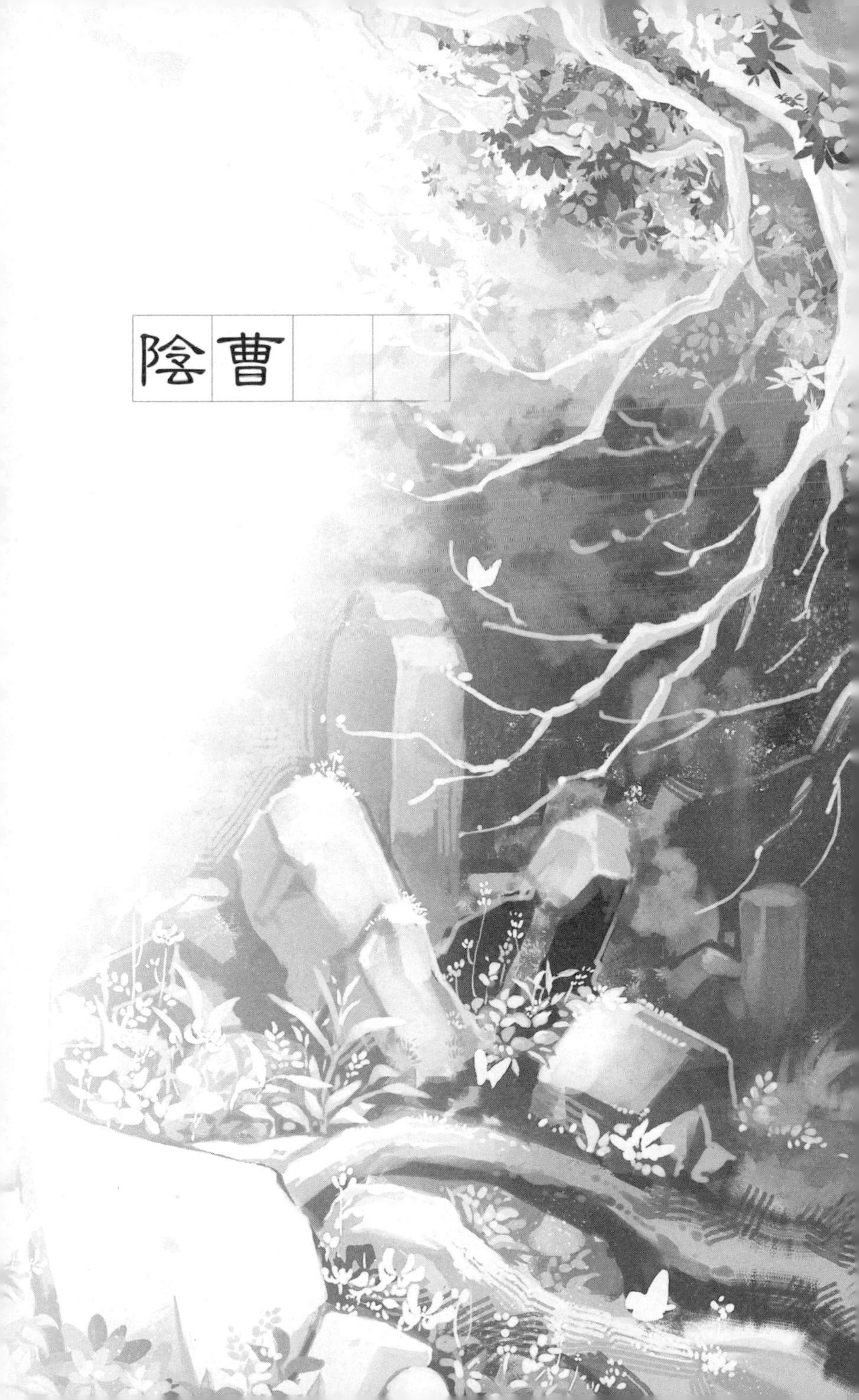

我在水中醒來，載浮載沉，隨波逐流，視野盡是黑色與灰色。腦子大概也進水了，模模糊糊地想不起來，好像是隻兔子，還有耳朵屁股之類的，最喜歡他溫馴地窩在我懷裡，軟軟地抱怨著我是變態。

我忍不住想，這就是林之萍下地獄的原因嗎？

我不甘心，竟然背負這等惡名卻什麼也沒做，沉重的手臂拍動起來，右手碰得到硬物，試圖往右方靠去，一不小心踩空，嗆了好大一口臭水，狼狽地拉住岸邊的水草，勉強保住小命。

等驚悸緩下，我拉著水草，靠在石岸邊大口喘息。雖然手腳被拴著，但鍊子很長，直深入無底的水中，還有活動的餘地。我靠著生苔圓石上的堅韌草鬚，緩慢爬出腥臭的血河。

本來上岸後想稍坐一下歇息，但上來才發現這邊河岸與眾不同，放眼望去，全部都是死人骷髏，一具具堆疊起來。我顫顫地回望剛才爬起的地方，原來剛才抓到的苔石和水草，是還沒有腐爛完全的頭骨和長髮。

雖然都年紀一把了，但大嬸心裡還是個天真爛漫的小女生，不是我在說，這個地方肉都爛了、毛都掉了，一點也不可愛。

遠處依稀有光，有光的話就表示有人在，我想先離開這由白骨和血水組成的風景區，再從長計議。

「唉唉，對不起，踩斷你的手。」

我就是個大手大腳的粗心人，愈想小心翼翼，愈是能成爲搞破壞大王。才幾步路，我就摔了兩次，殘廢了十來具枯骨，其中還有四名兄台的頭顱不幸碎成雪花，就像從來不曾存在過一樣。

很抱歉，但我沒時間久待。

就在我要跨出白骨地的範圍時，聽見遠處有女聲傳來，似乎在指揮團隊。

「通報三途河有異變，發現生魂氣息，你們過去那邊檢查，這邊就交給我。」

要是我猜得沒錯，應該是冥界的公差大人。雖然林之萍一向是個善良守法的小公民，但我直覺，眼下狀況被抓去殺的機會很大，趕忙往死人骨頭裡鑽。

鬼差的腳步聲很輕，連骨頭都踩不碎，只有鞋跟和人骨的磨擦細音。我緊捂住會壞事的嘴，雙眼盯著上面動靜。燈籠的光影晃過我眼前，然後是黑色的裙襬；我必須承認，也看到了內褲。

正當我以爲天衣無縫，人總是看天看海不看地，不會找到把骨頭堆當狗洞鑽的神偷之萍時，鬼差小姐卻停下腳步。

「出來！」她一喊，白骨頓時像煙花綻開，我又間接毀滅了一大群掩護我的骨頭兄弟。

我散著頭髮乾笑，對方手中拎著鐐銬一端，就要逼我就範。

「大人，民婦衣服破了，不是有意公然猥褻……」

她動作頓下，解開防風外袍，拋到我身上。我細看她藏在暗色中的樣子，是個雙馬尾少女，不到十八歲，有點眼熟。我一邊穿起袍子，一邊打量她僵板的臉；當我把面前的長髮撈起來束起，她突然「啊」了聲，手指顫抖地指向我。

「之萍姊，妳怎麼會在這裡！」

我也很想釐清這點，不過有許多記憶片段被遮蔽住，想不起來。

「妳死了嗎？不對呀，我偷看過前輩的生死簿，妳可以活到一百歲欸！」她激動地說完，驚覺到說溜什麼，兩手掩住粉唇。「抱歉，我實在太混亂了，請容我重新來過——我是小蟬，十年前受妳之恩，當上鬼差的孤魂。」

我就像老年失智，墜河的事幾乎失憶，以前的事倒是記得很牢，我認得她。

姊妹相認很感人，但這個時機沒法擁抱一下，再一起牽手去喝下午茶。小蟬抬頭張望，表示其他的鬼差就快回來了，叫我躲進她的裙底。

明明不合理的事，卻好比身處夢境，我沒有懷疑地就往她兩腳下鑽，竟然恰好容身。

她帶著一絲心虛，告訴同事是她誤判情況，冥間依然和平美好，大家回去閻羅殿打卡吧，哦！

□

小蟬把我私藏起來，一直到進入某個建築物，聽她緊張兮兮地關上大門後，才放我出來。

這邊不管室內室外，都沒有光源，但能視物。我環顧四周，是古時候的廳室，長形挑高，對門的牆面放置著松柏屏風，中央有張紅木方桌，左右兩張無靠背的木椅，各放兩塊名牌，靠門口的牌子上，用墨筆畫了一隻肥滋滋的夏蟬，應該就是小蟬的位子。

小蟬從內室拿出另一套艷紅色的中式裙裝，是她母親燒給她的生日禮物，讓我換上，直說我穿得合適，還拿出點心和茶水招待我。

她看著我開心吃著甜味特淡的造型麥芽糖，不住唏噓。我問她怎麼了，要不要來一口，來，張嘴。她搖搖頭，雖然外表還是個小女生，但這些年的歷練，已經讓她明白我這不是關愛而是調戲。她感嘆道，跟著前輩裁決過大小案件，只要是她認定的好人，都沒什麼好下場，包括我這個大姊頭。

「妳不該在這，一定有什麼環節出錯，我會想法子救妳出去。」她兩隻冰冷的手，覆在我的手背上，言詞懇切。「我死了也有十年了，更明白活著的不容易，絕不能放棄身為人的恩眷。」

她說得沒錯，我眞捨不得死去，可以完全除去自殺這個選項。

「陳判佐！」

門外有兩隻鬼齊聲高呼，小蟬嚇得一窒，用口形叫我快點躲裙底，然後大喊回去：「兩位無常前輩，什麼事這麼急？先別進來，我在拔腳毛啊！」

我噗嗤一笑，被小蟬用腳跟輕踢了兩下。

「來了一個大案子，閻王大人要開庭啦，妳快準備準備！」

「哦，我馬上去叫陸判前輩……」小蟬說完，我們兩個同時一呆，門外跟著寂靜無聲。

「抱歉，我又忘記前輩被關起來了，現在偏殿只有我能幫手，眞是太令鬼不安了。」

小蟬把臉埋在桌面，自我厭惡了兩秒，又振作起來。俐落地收拾好紙筆卷宗，給布包打緊結，確定我有抓緊她的小腿，就立刻出發。

「之萍姊，抱歉吶，等案子結束，我一定會全力處理妳的事。」

「請不用道歉，我最喜歡湊熱鬧了。」

「是嗎？妳都不會怕呀？」小蟬以一樣米養百樣人的寬容想法，接受我的說詞。「不過有時候會直接在殿上腰斬犯人，那種血淋淋的畫面，還是不要看比較好，每次結束，我都想吃齋，不過前輩生前日子過太苦，堅持飯桌上一定要有葷菜。之萍姊，妳覺得呢？我有沒有吵贏前輩的勝算？」

我在她裙底悄聲舉了小七的例子。有一隻神仙兔子，戰戰兢兢地修行著，某天碰上修道中人，問他是否茹素，沒有的話，又怎麼累積福報，進而到達美好的西方世界？

如果是其他說法，小七那個嘴拙的孩子，未必能贏過道友，但對方卻是以功報和死後境界爲立論基礎，七仙只是憐憫地望著他，很不好意思地說道：「我已經是神子了，不過我也有吃很多蔬菜。」

想到這，我又好想戳戳兔子進食時鼓起的臉頰。

「所以，妳也認爲沒必要想太多，是嗎？說得也是。」小蟬沉吟道，「提到神子，我就想起前輩被牽連的事。前輩眞的很無辜，去揹一個壞女人的黑鍋。」

「誰？這麼可惡！」我發自內心地附和小蟬的話。

「陸判前輩是我的直屬上司，一直以來都很照顧我，我們遇見的那一次，你們好像有打過照面？」

我發出懷念的嘆息：「那可眞是隻耿介的好鬼。」

「好鬼跟好人一樣，最後都是……」小蟬頓下腳步，似乎想向我吐露什麼，卻還是忍下來。「我不聰明，到現在還是不明白前輩哪裡錯了，他和白仙都想爲那母子三人平反，這不就是正義嗎？而且陸判前輩的罪名是『犯上』，他雖然嘴巴不饒人，倒也不會逞口快而忤逆哪一位，閻羅大人說，都是那個壞女人害陸判前輩失心瘋，大家都在猜那個壞女人一定握有前輩的把柄。」

「說不定『壞女人』本身就是他的把柄。」

「之萍姊！」小蟬猛然大喝，「妳眞是睿智的女神，就是這樣沒錯！與其認爲陸判前輩過去枉法被威脅，還不如說他顧忌女子本身來得可能。前輩自己也說過，身爲一名判官，在推演案情眞相的時候，除了法理，也要合乎情感。」

「小蟬，妳能多說說妳前輩嗎？」自從阿夕放話過後，小草他們的嘴閉得比蚌殼還緊，不得其門而入，可是我眞的好想多了解他一些。

「前輩不喜歡人家在背後談論他，他其實有點害羞還有被害妄想，不過大家每次聚在一塊，一定會說他幾句。」小蟬不自覺流露出的口吻好溫柔，那隻鬼應該待她很好。「我就說到進公堂爲止。」

□

本來打聽八卦就不是件容易的事，尤其是悶葫蘆型的八卦；單純內向又好辦，但內向卻挾帶暴力傾向，就令人頭疼了，去磨他的話，經常會被揍回來。小蟬語重心長地表示，這一切都是她用性命換來的記錄，請我有耳無口，別流傳出去。

陸判的學識和身世成反比，出身很不好。

據調查，從他一當文官就上手的過往研判，應該做過公堂幕僚，提拔他的人也就是供他讀書的恩人。

後來，那個恩人不知道出了什麼事，良心被狗啃，把他推出去頂罪。於是恩人變仇人，好好一個上進青年，就這麼被冤死了。

他死後怨氣太重，過不了奈何橋，被擱在橋旁發臭。有個姓陸的道士經過，把外衣脫下，覆在他身上，讓他不至於被過往的亡魂嘲笑。就念著這點恩情，以「陸」爲姓，後來位至判官，才叫「陸判」。

眞計較起來，他還沒有眞正的名字。

再來就是格致跟我說過的部分，從孤魂野鬼到地獄清潔工，遇到巡行的鬼王，給他一份正式的差事；自此，他展開了陰曹地府奮鬥史。

他隸屬十殿閻王手下，經過數百年孜孜不倦地克己奉公，從沒沒無名到三界盡知的冥界鬼判。他最受閻王賞識那時，就算當面指責閻王不是，閻王也會虛心受教。

大家都知道，閻王不是沒道理地忍受一個奴才的傲氣，而是沒有一個官員能像他這般地穩定陰間秩序，也是讓閻王受鬼王倚重的主因。

但是人世墮胎潮所引發的棄嬰事件，間接毀去一鬼兩王之間的假象。

小蟬說到這裡，嘆口氣，當作轉折點。

「那是不到五十年前的事，陸判前輩因此開罪鬼王陛下，閻羅大人本來就是為了討好主君才寵信前輩，也因此變得不再重視他，但表面上沒有表現出來。」

這樣啊，要不是那個程咬金寶寶，至少他還能編著明君賢臣的夢，那個用他努力了幾百年歲月換來的安穩夢境。

「不知道爲什麼，鬼王與其他十殿王到人間去，就剩閻王大人留守。結果鬼王前腳一走，前輩就被拈出陰間。罪名莫須有，當權者想除去一枚礙眼棋子，就是這麼簡單。」

鬼被趕出陰曹，還能去哪兒？我還眞沒聽說過。

「前輩和其他想盡辦法投胎的鬼不同，前輩把陰間當作自己的家。」小蟬的聲音透露出難過。

所以，才會從他口中聽見「鬼王陛下很溫柔」、「我很喜歡鬼王陛下」這種話，以上有部分經過我消化翻譯過，但大致上並沒有偏離原意。

「他絕口不提閻王趕他走的事，他好像覺得又被拋棄的自己很丟臉，然後閻王也順理成章地當作沒發生過，繼續擺出好長官的嘴臉。之萍姊，大家都說陸判前輩公正，可是沒有人能還前輩一個公道。」

我發了一會兒怔，然後在小蟬兩腿間探問被省去的環節——爲什麼渾蛋閻王又把判官找回來？

「原因只有閻王大人自己知道吧？閻王又是心機重重的笑面虎，任憑我怎麼討好色誘，他還是同一套說詞，說什麼他對前輩情深義重；鬼都不信。」

「妹子，時間點大約是什麼時候？」

「大概是十到二十年前，前輩和閻王僵持了好一陣子。」

也就是說，在閻王和判官你追我跑之前，我已經把阿夕撿回家，開始了美好的家庭生活。眼看我們母子倆感情日益堅定，閻王不禁神經緊張。上下隱情都知情的他，一定被我這個程咬金嚇得不輕。

他想著，完蛋了，如果那個身在福中不知福的壞女人知曉一切的來龍去脈，回頭要爲被他徹底作賤的判官平反，那麼，自己好不容易得來的權位不免將受到動搖。

這就是閻王回心轉意的理由，沒有良心的人到最後也不可能良心發現。

就這樣，我們抵達公堂。

小蟬顧及我的存在，向其他鬼差致意後，就低調地站在堂下旁聽案情。

我隔著裙子，視線僅及地面以上五十公分。殿堂鋪著暗紅色的絨布，中央跪著一個婦人和一名年輕女子。婦人嘴角掛著白沫，而女子胸前血痕斑斑，都哭哭不止，直到殿上的大人喊著「開堂」，兩側響起威武之聲，她們才噎住哭泣。

「冤枉啊——！」

這句話可是亡魂的經典台詞，我有機會一定也要來喊一下。

「妳們是何關係？」

「我、我們是母女……」女子低頭啜泣，被婦人推開，呸了口水在她臉上。

「這種會下毒的歹心查某，才不是我女兒！」

這聽來是場人倫悲劇，小蟬的小腿顫了兩下，好像想起自家的事。

「閻王大人，您一定要還我一個公道，把這個女的扔進十八層地獄！我午睡起來，感到口渴，叫她倒水給我，她竟然放毒毒死我！這個狠心的女人，枉費我勞心勞力把她養大成人，我好命苦啊——！」

「媽，不是這樣的，妳聽我說，我不知道那蜂蜜壞了……」女子急急去拉婦人的衣袖。

「滾，看到閻羅王，知道怕了啊？妳等著，我死也不會放過妳！」婦人恨不得把女子剁成十八塊。

殿上傳來嗤笑聲，小蟬重重嘆息，偷偷告訴我，那一位根本不在意亡魂的痛苦，都在注意婦人嘴上的白沫噴飛到哪兒去了。

「本王明白了。」殿上響起低沉的啞音，即使語帶輕蔑，卻還是透著一股說不出的壓力。「母女相殘，都投進刀山吧！」

婦人陡然站起：「爲什麼！我不服！」

「妳臨死前不是殺了她報仇？殺人很過癮吧？我算算，一二三四……捅了七刀，妳看起來雖然又老又醜，但體力還不錯。」那人戲謔地說道，把案子當作消遣的娛樂。「來人，再加一輪油鍋，直接搬來行刑，我要看。」

小蟬補充說明，閻王大人討厭被要求主持公道，每次有鬼喊出這句話，結果都格外慘烈。

唔啊，這到底是暴君還是昏君，我很難抉擇出一個評價。

「我可是把她養大的母親，她殺我該死，我殺她是應該的！」

聽婦人嚷嚷，有個地方讓我十分納悶。一般來說，父母對不肖子孫咒罵的台詞，不外乎是「早知道生出來就掐死算了」，她卻反覆強調花錢養大女兒的事，好像這是她莫大的恩德。如果猜得沒錯，婦人應該是養母或後母。

我也是個養母，設身處地，如果今夕還是七仙因爲某種原因掛掉老母，我到公堂上大概會無視眞相，只說這是我白目造成的意外，絕對不關我兒子的事。

這個假設讓我心頭沒來由地發毛，想到小七濕著眼，在世間悲傷問天，是不是又是他害死了我。我想起了漫天血雨和那個卑劣的男人，不是的，與他無關，寶貝不可以哭，要在家乖乖順毛才對。

愛兔……

就在我強忍悲鳴的時候，情勢陡然生變，婦人口中唸唸有詞，伸手到嘴裡挖出一團濕黏的軟物，往上空拋去。有鬼大喊：「小心！」但已經來不及了，軟物化成蜘蛛的網，剎那罩住所有公差，除了坐在高處看好戲的那位大人。

小蟬撥著黏網，卻愈纏愈緊，哭喪地說道：「我就知道，前輩不在絕對出事，陰間的莫非定律！」

雖然小蟬跌成M字腿很可憐，但也因爲她的M字腿，讓我的視野更加清晰。

婦人抓著絲網末端，挾持所有辦事不力的鬼差，恨恨地要脅上頭不把她看在眼裡的閻羅大王，要是不給她一個交代，她就要這些小鬼和她一起陪葬。

「你們也不過是卑下的陰鬼，我生前可是驅鬼的尪姨，竟敢在我面前囂張！」

沒想到看似尋常的老婦人，竟然是捉鬼法師，眞是人不可貌相，海水不可以喝。

堂上大鬼爆出大笑，小蟬掩面啜泣，直說老闆是垃圾，大家死定了。

「愚婦，汝意欲爲何？」大鬼嘲訕地問道。

「我要投生到富貴人家，下輩子錢財享用不盡！」婦人狂妄大喊，又舉腳踩下女兒的背，「還有，我要看她在地獄千刀萬剮，永世不得超生！」

「媽！」女子不敢置信，我也想不透一個娘怎麼會對兒女如此歹毒。

「千刀萬剮容易，問題出在榮華富貴。」

上頭傳來茶杯和杯盤輕觸的脆音，那隻鬼看手下被瘋婦要挾，竟然還有閒情喝茶？

「比所有人還窮很容易，但想要比別人更有錢就難了，世人多以為自己窮困不堪，才會終日汲汲於金錢。真正富貴之人，應該無需再多添一分錢，又有誰做得到？」

婦人被大鬼的話轉得有些糊塗，但還是堅持她要當有錢人。

「別急，本王還沒說完。最重要的一點，投胎轉世需要按名序列，而我根本不知道妳是誰，也沒興趣知道。」

婦人發狂大吼，動手扭緊絲線，小蟬發出難受的聲音。

「嗚嗚，之萍姊，我可能要在這裡死第二次了，妳趁亂逃吧！」

我林氏之萍怎麼可能拋棄善良可愛的鬼差伙伴？就當我要衝出去跟那瘋婦過招時，黑漆漆的殿外突然飛來鐵鍊，把婦人打暈在地，解救差點因公殉職的鬼差們。

「陸判前輩！」小蟬感動地喚道。我胸口一窒，小心伏地偷瞧過去。

只見他一身狼狽，衣衫襤褸，脖子以不正常的角度扭曲著，又被他自己徒手扳正回來。四肢掛滿新舊不一的沉重鎖鍊，暗色的液體從指尖淌落，眼鏡掉了，眼神很殺，活脫脫就像電影中的地獄使者。

他拖著腳步，從殿外穿過殿堂，途中只頓下望了小蟬一眼，又挺直腰桿步上台階，毫不猶豫地跨過堂上堂下那個代表身分地位的高度差，站定在大鬼身旁。

「閻羅大人。」他開口，依然是毫無起伏的冷淡語氣。

「嘿，陸判呀，你怎麼從牢裡出來了？」大鬼的聲音在抖，知道怕了。

他配合大鬼，也用裝可愛的口吻回應。

「屬下當然是來打死你這昏君的呀，大人。」

殿上響起一陣鬼哭神嚎，什麼卑微的哀求都冒出來，才知這世上眞有報應。

我看小蟬暗暗在底下握拳，開心吐出一個「爽」字，就知道那個大鬼被揍得有多慘。

等內部的腐敗被肅清完畢，司法終得正常運作。

他整理好面容，斂起衣襟，正坐在大位左側的副座，敲下驚堂木。

「開庭！」

我聽見眾鬼齊心協力，再大喊一次「威武」，重新開場，那股高揚的士氣會讓人忘記正置身在地府。

「堂下何人，報上名來！」

雖然時機不對，可是判官葛格好帥，看得民婦的少女心肝撲通跳呢！

婦人剛才顯露那麼一手，早被兩個衙差用長杖抵在背後，她惡狠狠地瞪上去，而陸判那雙清冷的眸子往下凝視著她，她終於了解到這不是能讓她喧騰的場合。

「林李鳳娥。」婦人勉強出聲。

一旁的女子也顫抖回話：「林寶貴。」

唉唉，和我兒子的名字眞像，林今夕、林寶貝、林七兔，都是好名字。

「林寶貴，妳在鄰里素有孝名，爲何發生此等慘變？妳把事情經過詳細說來。」

本來女子委頓在地，眼中一片絕望，聽到官老爺這麼說，激動地抬起頭來。

有冤屈的時候，老天保佑就是能遇上一個明白人。

「我中午休息，回家探望精神不濟的母親，她說口渴，我照平常一樣泡蜜茶給她。我媽整碗喝完，開始作嘔，我嚇死了，過去問她怎麼回事，她以爲我要毒死她，從床頭翻出水果刀殺了我。」

女子的敘述能力遠大於婦人，青出於藍。

「林李鳳娥，妳可認罪？」

「我呸！這賤人下毒，我哪有錯！」

要是我猜得沒錯，婦人肩上可是兩條人命。

「我再問一次，妳可承認這七刀入骨的致命傷，是妳下的毒手？妳是不是親手殺了妳女兒？」

婦人被問得有些發忡，然後硬下底氣，對陸判喊道：「她是我養大的，那條命本該隨我處置！」

陸判又問：「刑罰因親疏有所輕重，妳有沒有殺害妳女兒？」

婦人聽懂了判官沒有明說的刑法量度，大聲表示：「她又不是我生的，才不是我女兒！」

女子聽得呆傻地睜大眼。

「雖然她並非妳所出，但早年喪母，自六歲由妳拉拔成人。妳性情乖戾，親生子也消受不了，不願與妳同住。但這個前妻的女兒，卻辭去都市的工作，回鄉照顧孤身一人的妳，妳吃穿花用皆賴她供給，十年了，妳說她不是妳的孩子？」

「我養她長大，她本來就該奉養我！而且你們都被她騙了，她照顧我都是為了房子和田產！你們看，她說不出話了，分明是做賊心虛！」

女子喉頭啊啊兩聲，最終還是沉寂下來。

「妳那棟破屋和貧田，不是都過繼給兒子了？」判官問，我沒聽見任何翻閱檔案的聲音，他該不會把人家祖宗十八代的八卦全記在腦子裡吧？

「這是當然，怎麼能讓她得逞！」婦人說得好生得意。不簡單，沒幾個人能想出這種白吃白喝的好主意。

「林寶貴，妳知道妳母親把財產全給妳弟弟嗎？」

女子無力地回：「知道，過繼的稅金是我付的。」

婦人身子僵了下，隨即又咆哮起來：「妳就是知道我半毛錢都沒留給妳，才心生歹念毒死我！死賤人！」

「肅靜！」他的句子都正中要害，帶著洞悉事理的冷徹。「林寶貴，妳若是明白了，就據實以告——沖泡的蜜是誰送來的？」

女子難掩悲傷：「先生，您既然什麼都知道，爲什麼還要問我？」

「就算妳不知情，動手的人還是妳。妳可以爲了所謂的母女之情選擇認罪，或是把話說出來。」

婦人剛才的那席話，她們也該玩完了，女子用力閉上眼。

「弟弟跟我要了空桶，前一天把蜜送來，還交代說媽年紀大了，舌頭不靈光，加多一點才夠甜。」

「妳說謊！這可恨的騙子！」婦人大吼，不能接受女子的說詞。

「犯婦林李鳳娥，妳要是沒被殺心蒙蔽，還能及時救回一條命。是妳長年對女兒的猜忌掐斷自己最後一線生機，妳可知罪？」

婦人猙獰咬緊牙，大吼一聲，繼蜘蛛絲之後，口中又吐出大甲蟲，命令蟲子咬爛那位英明鬼官。

「前輩小心！」小蟬驚叫。

視線突然整個暗下，殿堂被巨大的黑影籠罩起來。我聽見「啪」地一聲，非常響亮的巴掌，依稀挾雜著濺出汁液的噗滋聲響。

婦人臉色丕變，沒想到她的殺手鐧這麼輕易就被幹掉了。

「當我死了是嗎？」閻王朗朗笑著，似乎是他出手消滅了害蟲。「陸判呀，跟她廢話那麼多做什麼？油鍋浸下去就是了。」

「大人，去洗手或是去死，別碰我。」

「好無情吶！」

婦人被拖出去時，還深信她心愛的兒子不會害她，都是女子的錯。

現在只剩女子一抹幽魂，默默掉著淚。

「先生，是我做的不夠好嗎？」

「不是，妳盡力了。」

女子對堂上判官深深一叩首，起身被帶往亡魂休息的處所，神情寧靜。

「好，回去寫報告！」小蟬即使被別的鬼投以恐怖的青瞳仁，還是不改笑語。這孩子少根筋沒錯。

「慢著，還有另一個案子。」閻王喊住小蟬，我總覺得沒有好事。「擇日不如撞日，拖那麼久也該審一審了。陸判呀，換你下去跪了。」

或許明朗不適合陰間，那點好才萌發一點芽，就被掐死在土裡。

氣氛變得十分凝重，閻王再次輕快催促，好滿足他的個人消遣。

小蟬急得站出來：「大人，前輩犯了什麼罪？您不能無聊就找他碴啊？說起來，被打也是您自找的！」

「陳知涼，給我滾邊去。」陸判喝道。

「陸判前輩！」小蟬喊得聲淚俱下，擔心死了。

我看到一雙筆直長腿走下堂，就這麼站著候審。

「來人，把他那身細腰給折下去！」閻王擺架子喊著，卻沒有鬼差理他。「好啊，你們這些目無王法的傢伙！」

據我探聽到的消息，閻王應該深受下層愛戴，不過現在看起來，似乎不是這麼回事。要是我剛才被這麼見死不救一番，應該也會跟著擺爛才是。

閻王鬧一鬧，最後還是放棄讓陸判跪他之不可能任務。

「算了，本王就直接問了。陸判，四十年前那個被陛下處死的女嬰，到哪兒去了？」

我心弦都快震破胸膛，冥冥之中，終是註定了什麼。就在我從底處仰望他的時候，那雙清冷的細眸俯下，著實望進我心底。

本來什麼都沒有了，卻被一雙手顫抖地攬進懷裡。

「陸判，轉生沒有它的名額，你就放下它吧？」只有黑與灰存在的畫面，那道無奈的男聲，和堂上閻王一模一樣。

那支不畏強權的腰桿，就這麼折下來，只為了幫懷中的死嬰乞憐。

「早知道會出亂子，就不帶你來巡。陛下不願再收沒有根柢的孤魂，這是人世造的孽果，沒必要由冥間來收拾。」閻王勸了又勸。

「請大人開恩。」

「唉，你這又是何苦？」

他在直屬長官處碰了紮實無比的軟釘子，抱孩子到別的地方去，想求一個歸屬，卻盡是嘻笑聲和嘲諷，那些享有極權的人鬼，根本不覺得那個半腐爛的嬰魂有哪裡好可憐的。

「該心疼它的人都不要了，你在攪和什麼？」

大鬼們又笑說：「哈，對了，你也是被人間拋下的賤魂！」

他無視風涼話，一殿一殿，最後求到最為尊貴的大殿上去，那裡不是他能隨意進出的地方，他只是跪在殿外，不停地磕下響頭，額上的血流滿台階。

終於，誠心求得那一位搭理他這個等同於僕役的鬼差。

他眼中燃起希望，就像許久以前，他意外得了鬼王垂憫，有了新的生命，只要他願意伸手，一切都會好轉的。

「扔了。」

「陛下？」

「孤說，那麼噁心的東西，不要拿到眼前來，扔了。」

那團肉一直被他護得死緊，他這一路奔走，肉團只覺得這奶娘搖得他眞舒服。鬼王回了話後，他突然動也不動，像死掉一樣，肉團只得碰了碰他的指尖。這一碰，水花濺在肉團臉上，鬼沒有眼淚，從他眼眶滴下來的，全是鮮血。

那是一種，在幸福家庭長大的我，沒有辦法體悟的濃烈悲哀。

「陛下，請您不要那麼殘忍……」

我忍不住煞風景地想：非親非故的，你爲什麼要哭呢？

他哭完——格致漏了這段——開始對鬼王破口大罵。

「鬼都管不了還想統治陽世，虧我跪你跪了幾百年，昏君！」

宮門洞開，不出所料，鬼王大怒。

他被判死罪，刑期未定，先泡在水牢中懲戒。被他這麼一鬧，幾乎所有鬼都忘了肉團的存在。

早在鬼王下令消滅時，他就把肉團藏在影子下，等無鬼看顧時，才抱出來摸摸。

他的手很冰，但動作非常溫柔。

「明的不行，就來暗的。」他是讀書人，連哄孩子的話都好有深度，「讓我想想，該怎麼給妳一個家呢？」

俗話說，重於泰山，輕於鴻毛。要是他眞想有番建樹、改革陰間腐朽的體系，就不該困於兒女私情……不，連私情都勾不上邊。王賞識他，他明明可以更上層樓，把他的才能發揮在更値得的地方，他卻因爲那團肉全毀了。

我眞想問他一句，値得嗎？

電光火石間，跑馬燈盡數放映完畢。

他就站在距我咫尺之處，依舊孤傲得像枝梢那朵寒梅。

「大人，什麼女嬰？屬下不知。」

「陸判，少來這套。你執法犯法，已經鑄下無可挽回的大錯。」

「哦，證據呢？」他不耐煩地回話，「大人，我辦事，什麼時候無能到給您抓到錯處？白癡。」

「大膽，你竟敢在公堂之上公然羞辱本王！」

「大人，請尊重慣例和傳統。」

紙筆的沙沙聲不斷，小蟬勤快地做著筆記，嘴邊喃喃說了「閻王白癡」三遍。

閻王被激得腦充血，不想在白癡上頭打轉，決定尋找別的切入點。

「陸判，你難道忘了禁閉的原因？這可是陛下親口下的命令，你竟然刑期未滿就擅自出監，該當何罪？」

「大人，他要您罰我，您就趁機找茬。您厭惡我，爲什麼不當面說便是？」

閻王靜默，堂上也跟著死寂一片。

「瞎說，你可是我大業的臂膀，我怎麼會討厭你？」大鬼突然轉性，溫柔得教人發寒，「陛下還念著你當初那句無心的讚美，他這麼尊貴的君王，要殺一隻鬼，還給你留職和期限，我這次不會再錯了，在親眼看見他斬下你頭顱之前，我絕不會討厭你的。」

我就想，小人和君子撕破臉後，還能剩下什麼主從情誼？

「大人，那就這樣吧，省得我看您看得都快吐了。」

「罷罷，反正你快死了，就容你這一時，退堂。」閻王說完，散去殿堂的陰暗，待他一走，背景即從純黑色變成濁灰色。

滿堂衙差一下子退去大半，在小蟬走向陸判的幾步間，又走得只剩他們兩個。

「前輩，你還好嗎？傷口會不會痛？」

「我沒事，倒是妳，好大的膽子，這種東西也敢帶進來？」那雙長腿蹲下來，毫不猶豫地掀起小蟬的裙子。

小蟬兩腿僵直，而我朝他擠出好嬌羞的微笑，希望能挽回一絲好感度。

「怎麼又是妳這笨蛋？」

第三次了，林之萍惹是生非被抓包，這個男人依然板著一張臭臉，不顧一切地飛奔來救我，請容我在心中喊他一聲「恩公」。

小蟬是後生，陸判是前輩，當判官大人說要收押我這個誤闖陰間的孤魂時，小蟬二話不說，拱手把我讓出去。

他沒有把我扔去刀山油鍋滾一滾，教訓一下，而是往內院走去，經過荒煙蔓草的小院子，又穿過兩扇小門。這邊的建築物，外觀看來都有點破爛，好像衰敗的官宦人家。

我好奇問道，他隨口答說，能從府庫擠出來的公帑，全拿去整修新鬼看得見的門面，其餘的內部，就只能放給自己人嘆息。冥界環境一直很不穩定，近來惡風不斷，今天倒東家，後天倒西家，房地產一落千丈。

「目前還能勉強控制在只破壞物質的階段，風頭再強點就會傷到能量構成的魂體。」

「找得到原因嗎？」

他頓了下，才說：「恐怕從有冥界以來就是如此，本來亡魂到地下就會被消滅，是那一位壓制住狀況。」

他深知我無底洞的八卦求知慾，不願再深入下去，不讓我探入這潭波瀾大興的深水。

我盯著他狼狽的背影，每次都把他害得悽慘，不免有些躊躇。他突然停下腳步，一雙漂亮的細眸斜眼睨著我。

「所以妳靠過來一點，別被風吹到。」

「哦！」我乖乖聽話。

他帶我到一處獨立於院落、類似灶房的地方。說是「類似」，因爲我眞沒看過廚房裡有床和書桌，還附贈澡桶。我和今夕以前租過可開伙的小套房，這間斗室大概就是小套房的古代版。

他進屋後第一件事就是鎖好門；和阿夕的神經質有得拚。再來，往爐子裡添柴，準備炊飯。

我坐在床邊，看他一絲不苟地在有弧度的腰身繫上圍裙，有股衝動想問他嫁人沒；幸虧我不想再死一次，有忍住。

「妳先在這裡等著。妳命不該絕，自然會修正這個錯誤。」

「那我可以跟你聊天嗎？」

他回眸瞪了我一眼。可能因為我們現在都是鬼，看他比之前兩次會面時還要清楚許多。他又在逃獄時弄掉眼鏡，那張俊秀的臉前再也沒有阻礙。

「你滿十八了嗎？」不對，不是這一句，可是我控制不了我自己！

「我都快死滿一千年了，妳說呢？」他帶著殺氣回話，一邊給鍋裡添醬油，我聞見肉香。

看他熟練的炒鍋手勢，就讓我想到阿夕。阿夕從小就在瓦斯爐的環境下長大，卻也對傳統的爐灶駕輕就熟，他們兩個煮飯的背影，有著九成的相似度，讓我就像在家一樣，倍感安心。

我漫不經心地望向床頭那面拿來正衣冠的銅鏡，鏡中也有個巧笑的長髮少女回應我，我摸著自己的老臉，少女也跟著驚恐亂摸，還拉起衣領檢查內部構造——胸部有沒有下垂，十足的青春肉體。

粗略估計，這是我十八歲的模樣，啊啊啊！

「別發出怪聲，要是被發現，我會在妳被捉去殺之前先宰了妳。」鬼判大人幽幽地轉過頭來。

我只能捂緊嘴，惦惦給鏡中的自己嘗試各種鬼臉，結果都很可愛！

銅鏡大概也承受不了我閉月羞花的美貌，慢慢泛起波紋，我好奇地貼過去看它的變化，鏡中判官葛格的腰身依然清晰可辨，但我原本坐著的位子，卻是被一大塊有形體的黑影給佔滿。

它非常龐大，鏡子只能照出一部分身軀，雖然看不到表情，但從它微微歪斜的身勢看來，應該非常疲倦。我不由得想起以前大老遠收驚回來、耐受不住舟車勞頓的小夕，想睡卻不肯睡，細眸都瞇成兩條縫，直到我把他抱在懷裡，他緊緊抓著我衣襬，才肯閉上眼睛。

等陸判轉過身，它又直起身子，低下五官模糊的巨首，盯著眼前的熱湯。

「陛下，請嚐嚐看！」陸判露出青澀的笑容。從他單純的笑意判斷，鏡中影像已經是許久以前的過去。

它的手也很巨大，只能像挾娃娃那樣用指尖挾著湯勺，把湯水灌進體內。才喝半口，身上流動的黑稠液體，便不慎滴入湯碗，原本的清湯開始變濁，湯料長出蛆蟲，不能吃了。

它氣得發顫，正想把湯碗掃下，回頭卻發現那個煮湯給它的男孩跪坐睡在一旁，一手還緊抓著它的衣角，一點也不覺得它可怕。

「陛下，再唱歌給我聽……」

我還沒聽到接下來的安眠曲，判官大人就轉身殺過來，把銅鏡折成銅片。

「你和鬼王還真的有……」

「妳想試試舌頭被做成滷味的滋味嗎？」他橫過來一眼。

「民婦知錯。」我怕身上器官被剁去下料，乖乖地不敢多說半個字。

他開了兩個爐台，一鍋燉肉，一鍋細火煲著冰糖梨子，我以為是我的飯前點心；然而，看我流滿口水，他才切了半塊梨給我，其餘的全是要給某人治喉嚨。

被羞辱、被判死罪、被斷手斷腳，卻還是心心念念著那個人，要說他和鬼王陛下沒有一腿，我絕不相信。

「我自知卑賤，他對我另眼相待，我很感激。」他談吐間有種遍歷滄桑的溫柔感，只是一閃即逝，剩下的是看破紅塵的徒然。

「就爲了知遇之恩，他傷你、殺你都沒關係？」我忍不住插話。他好像不太高興我去評價那隻大鬼。

「妳什麼時候才學得會明哲保身？想想妳現在的處境！」

「唉呀，眞抱歉，我家人漏教了這句話。」想到我家混帳大人，揣著大祕密還瞞得滴水不漏，眞想跟他們發發牢騷，如果還有機會再見的話。

「他們眞把妳寵得不知天高地厚。」他輕斥一聲，因爲擔心我而生氣。我就知道，他果然什麼都知道。

「判官大人，三百多年前的白派和我老家的關係……」

我爺和阿奶都走了，這世上大概只剩他一隻鬼知曉眞相，我想，我有這個權利提問。他望著我懇求的目光，思慮再三，還是告訴了我。

「他們死時，最想的就是再做一家人，卻求散魂於陰世。我看了千年的魂來來去去，還眞沒看過這麼白癡的；我當然沒有完全答應他們，修道者的腦筋都有問題。」

哭哭，兔兔的師兄們被鬼判哥哥鄙視了。

「我打聽過，神明到至聖的境界以前，都得下凡歷劫，到時最好有人護著，才不會過得太慘。經過我的恐嚇威脅，他們就在底下安分等了三百年，聽說天界差不多要放人了，才去投胎。他們死是爲了白仙，生也是爲了白仙。」

「爲什麼這樣判決？」到底要爲亡魂著想到什麼地步，才能溫柔至此？他說白派傻，自己何嘗不是？

鍋中冒起的蒸氣，把他的輪廓染得有些迷濛，讓我有些害怕他這抹單薄的魂身會突然消散成煙。

「我希望好人終得善果。」他垂著眼，似乎想起我家人最後的下場，「但像他們那種程度的神經病，毫無保留地爲人犧牲，即使徒勞也勇往直前，我這點私心安排，根本算不上什麼，只是……」

他欲言又止的對象，除了我還有誰？

「原來我是給神仙們養大的，難怪氣質這麼出眾。」我哈哈笑，把喉頭的哽音壓下去；這種時候千萬不可以太想他們而哭出來。

「妳可以恨我。」他端來一碗去霉運的豬腳麵線，熱氣模糊了我的雙眼，「我一心只想給妳找個好歸屬，以為一個家只要養育妳到成年能自理就足夠了，卻害妳飽嚐喪親的苦痛，對不起。」

我就要被逼得落淚，不管麵線看起來有多好吃，再也受不了，撲過去抱住他。

「大人，你才是大笨蛋，笨死了，你最後活命的機會不就在我身上嗎？」不行，不可以，我絕對不能眼睜睜看著他消失。我懷疑他打的算盤是等刑期一到，他魂飛魄散，一切就死無對證。

「妳以為我對妳有恩嗎？至多也只是在補足我的過錯。」他低頭望著我，努力不要顯露出哀戚的神色，「當我看妳一個人在陽世飄泊，怎麼努力也攀不住真正的緣分，我不得不承認他沒有錯。」

我知道鬼王不是輕賤生命，而是他救不了的，不會救一半，無情勝過給了希望再掐斷，理智上我完全明白。

「丫頭。」他喚道。說不定這是他死了一千年以來，對人最親暱的叫法。

「叫我之萍。」我淚眼汪汪地仰起頭。

「我說過，我跟妳沒關係。」他反覆強調同一句話，深怕我叫他老爸，「我看著妳長大，出落得像芙蓉，性子溫厚善良，又聰明機伶，一個人該有的好，妳全都有。」

他把我誇得那麼好，就知道他有多喜歡林之萍這個笨蛋，然而他受盡折磨的時候，我可是大把浪費著得之不易的生命。

「妳的人生只有這麼一次，沒有必要委曲求全，想要什麼就去拿，爲妳自己而活。」

「那麼你呢？」

「關妳屁事。」

嗚嗚，銅牆鐵壁。

白光乍現，原本受黑暗統治的地下世界，瞬間大亮起來。

「來接妳的，快去。」

我下意識想抓住他，想要帶他一起離開。這個世界就是因爲有他願意爲一個棄嬰垂憐，才會有林之萍。

他卻用力推開我。我像是被強力彈簧彈出門外，飛過宮殿，以仰躺的姿勢望著白色的天空，然後落入暖呼呼的懷抱。

這應該是夢，連結局都莫名其妙地美好。

雙臂牢實地攬住我的頭腳，動作無比熟練，看來長期的公主抱訓練頗有成效。我睜開眼，高大的白袍男子正俯視著我，一深一淺的異色眼眸，透著神聖的金色光輝，再看千百萬次也不厭倦。

「大白兔子！」

他一開口，渾厚的成熟嗓音穿透整個地下世界。

「大姊，趁機給我好好看著，然後從此絕了妳那個小男生的變態妄想！」

我倆生死重逢，爲什麼第一句話就這麼殘酷無情呢，愛兔？

邪笑響起，急遽竄升的黑暗壓過大七帶來的光芒；我就知道，自古英雄救美豈是打包就走這麼容易的事？

「原來陸判耽擱了那麼一會兒，就是爲了開通道給您呀，白仙大人。」閻王臉上堆滿和氣的笑容，一點也不像個要置我們於死地的大壞蛋。

我在大七懷裡，總算能好好看清這個小人的面目。壞人總是長得不像壞人，他隨意披散的銀色長髮，讓他整隻鬼的輪廓又柔和不少。他悠悠地從滾滾黑塵底下，拽著華貴的黑色長袍漫步而來。由於我這個角度看不到他的腳，使他看來更像是條披著美男子外皮的毒蛇。

他對上我的眼。我想，我們這兩個變態都明白彼此不可能成爲好朋友。

「鬼之代王，你有所誤解，他是爲了不讓我破壞地府才開了門，是爲了保護你們。如有不妥，請儘管罰我。」

閻王冷笑一聲。我聽大七短短這席話，大約有三個點刺中這卑鄙大鬼；不愧是惡人們的眼中釘，善人們的正義兔子。

「本王怎麼敢擅罰神子？只是您懷中的人是陰間所屬，請交還給我。」

「她沒有死，只是魂魄迷路迷到這裡來。我把這個禍害帶走也是為了你們好，她鬧事的功力不是你能想像得到的。」

媽媽有些受傷了，大兔子到底是特意貶低我，還是認真這麼想？另外，他似乎不知道壞廟公陷害老母的事。

「她的確是我冥世的大禍。」閻王意有所指。我因為有兔子大仙當靠山，朝他囂張地咧出一排門牙。「然而，在這裡放下她，也是您最後的機會。」

大七凜起目光，我揪揪他的白袍，我們這樣算不算合體隊形？可不可以往他嚴肅過頭的臉啾一下？

「大姊，只要妳閉上嘴，忍著別說蠢話，我就絕不會拋下妳。」

我把滿腔情感化作一聲嘆息：這隻兔子超不孝的。

「妳不要怕，我會保護妳的。」他低下頭，想到自己不慎把媽咪弄丟，眼裡盡是歉疚，握住我的手爪子。

我用力反握回去，在臉上摩挲。傻瓜，有你在身邊，媽媽又怎麼會害怕呢？

「兩位眞是骨肉情深，既然如此，就一起留在陰曹作客吧！」

閻王揚起衣袖，黑暗活躍起來，建構出浩大的鳥籠監牢，把飄浮的白光神仙禁錮其中。七仙換了個姿勢，單手攬著我的腰身，另一隻手抽出大刀。

我打起十二萬分精神，這次七仙對上的不再是什麼小神小仙小妖小怪，而是民間最有名的大鬼閻羅大王。林之萍見證著這歷史性的一刻，賭上幼子小熊，全押七七兔贏。

大七身上多了個老母，身手卻不見遲緩，凌空一個踏蹬，白影隨飛刀刺去，劈落的刀勢毫不拖泥帶水，一刀兩斷，但眼前的大鬼就像空氣一般，刀去身無痕；說是幻象，他突竄而來的長手卻劃破七仙衣袍。

「就讓本王，略盡地主之誼。」閻王大笑，隨即陰風大作。

人家不是說清風拂面、詩人的微風，爲什麼同樣是風，陰風吹起來卻那麼痛呢？

七仙看我被吹得縮手縮腳，以爲我冷，直接把袍子脫下來給我，露出精實的胸膛，把該我的肉便宜賞給閻王。可惜他這麼犧牲，風還是透過衣袍刺來，痛得我嗚嗚叫。

「大姊，妳還好嗎？」

我咬緊牙：「別管媽咪了，快把那個變態扒光！」

反正閻王看來都二、三十歲了，脫了他也無損白仙的正義之名。

陰風由閻王召來，不打倒他不能解除警報，七仙爲了我，不能慢慢跟他瞎耗，以白刀觸及黑暗，陰陽相交，平衡之後，化為虛無。

閻王見黑夜再次退去，兔子重新發亮，依舊噙著自信的微笑。

「本王且看，神子能否渡化一整個地下世界？」

到別人家地盤打架，就是有這個壞處，就算是全自動兔子發光機，也耐不住如汪洋浩大的黑；閻王置身在源源不絕的黑色「水體」中，有恃無恐。

「一個沒辦法，畢竟我身上的禁錮才解開一半。」七仙帶著歉意說道，半赤裸的身體刷亮一層，又更亮一層，光芒讓他身上的色素都淡化下去，變成活生生的人型白熾燈泡。

閻王不理會眼睛痛，深深盯視著白燈兔子，流露出妒恨的目光。

七仙謙詞：「頂多只能淨化半個。」

他說完，白刃在他手上化去，連帶他半個身子也淡去，僅存一隻托著我的手臂。以黑夜形象著稱的陰間像是得到了太陽，光芒從地平線鋪展開來，原本由黑和灰兩色組成的風景，因為有光，跟著有了顏色，藍天、綠地、溪流、山巒，我們所在的地方開出一片花海。

原本躲在暗處的居民，都跑出來看熱鬧，不可思議的讚嘆此起彼落，天曉得冥世真正模樣有這麼漂亮，沒有一絲工業污染，就像是西方世界所謂的天堂。

最爽的就是，被白光這麼一照，閻王就這樣光溜溜地站在底下，好在他還有那頭長髮可以遮羞。

他垂著眼，收起虛僞的笑，對這片風景不感意外，可能老早見過下界的眞面目。

兔子大燈慢慢暗下瓦數，變得一閃一滅，差不多耗盡能量。在七仙要帶我飛向宇宙的時候，斗大的墨點從天空降下，愈來愈多，像是大雨傾盆而來，直到視界又回復黑色才緩住。

從天堂變回地獄，才一眨眼的工夫。

「沒用的，這可是被上蒼拋棄的世界，不需要你偶發的憐憫。」閻王又穿回黑色衣裳。

大七露出難過的樣子，彷彿他就是那個拾棄下界的負心人。

閻王長指往地面點去，土地像是摻了海砂的黑色工程不斷崩落，裸露陰世最晦暗的一面——深淵滾著紅稠的岩漿，數不清的鬼魂在其中嚎叫，名副其實的煉獄。

閻王抬頭對我笑了下，我還來不及比中指回去，直覺雙腳一緊，纏在我腳踝的鎖鍊突然有了生命，猛地把我往下拖去。

「大姊！」大七死命抓著我一起從高空墜下。看兔兔急得快哭出來，我也跟著快哭了。好不容易他勾住崖壁的突出處，以爲可以緩口氣，岩壁下方卻鑽出血盆大口的惡鬼。我這一路看到的鬼都非美即俊，突然冒出這種等級的貨色，嚇得我花容失色。

大七身子卻因此顫了顫。

「母親？」他對那隻已看不清原本面貌的惡鬼喚道。

不好，我家兔子兵來將擋、水來土掩，唯獨不敵老母。

惡鬼張牙舞爪地撲來，帶著滿腔仇恨：「你這個妖魔，給我下地獄去！」

那個女人維持著我和阿夕發現她屍首時的模樣，全身浮腫潰爛，眼珠子突得老大。七仙望著她，悲傷無盡，任由她動手把他一寸寸地往獄池拖去，絲毫不抵抗，連救我這個老母的目的也忘了。

我以往讓她三分，也只是念在她早就死透的分上，並沒有讓出兔子老母位子的打算。趁七仙失神時，我掙脫出他的手臂，藉下墜之勢，抱住他陰魂不散的生母，要死一起死。

「妳以爲妳生的就是妳的嗎？」我給拳頭呵口氣，掉進火海之前，全力卯下這尸居餘氣的瘋女人。

「他害死我，我要他血債血還！」

敢動我的寶貝，還是請妳去死一死吧！

「大姊！」

聽見七仙叫的是我而不是那女人，兔子老母不由得含笑而終。

□

我墜落火中不覺得燙身，置身冰窟無感酷寒，只是一直下墜，深處似有什麼在召喚。

我不害怕，這絕非逞強，說真的，讓我懼怕的，從來不是這個亡魂的世界。

當我陷進地獄深處的爛泥中，好像自己也化作土壤的養分，思緒與它們同步，攫取了幾個泛黃的畫面——

鬼判抱著我，幽幽來到一個種著松樹的庭院，他在隱蔽的灌木叢喚著，四、五個人影聞聲而來。

「唉喲，判官葛格，什麼風把你吹來人間？」

我看不清楚臉，但這麼白來熟的白爛口氣，是我家人沒錯。冥界判官和白派神仙們，竟然有著不可告人的姦情。

「我想請求白派援助。」他一路求到這裡來，已經不抱太大期望。

我家人圍過來看肉團，眼中盡是憐惜。

「沒有什麼求不求的，我們欠你一份恩情，你開口，自然要義氣相挺。只是我們還有其他的考量，像是小師弟、小師弟，還有小師弟，不能保證護她一生。」

他們正傷腦筋，這時，有名女人攬著厚披肩過來，不時咳嗽，大伙兒又團團圍過去噓寒問暖。

「怎麼有小孩子的哭聲？」

「母親，鬼官托來一隻嬰靈，該不該收？」原來女人是我早逝的阿奶。

女人走來，毫不猶豫地從陸判手中接過我。雖然我不記得了，但她的懷抱該很溫暖。

「那就養吧，別讓孩子哭了。」

「嗚啊啊，不愧是阿雪媽媽！撿小孩不遺餘力！」一群大人不約而同地向女人撲抱上去。

「咳咳，幹什麼，別過來，你們這群孽子！」

於是，我出生在世外桃源。

我懂事的時候，阿奶已經化作一塊牌位，家裡人都很想念她，尤其是爺爺，說著他千里尋妻的故事，不知不覺說了三遍以上，間接讓我明白，「好不容易在一起」和「最後永遠在一起」是兩碼子事。

我這個一無所知的孩子，或多或少補起阿奶離世的缺口，陪伴著喪偶的爺爺嗑牙解悶，天氣好的時候，我們爺孫倆會離開桃源，一起去看世間的風景。

仔細回想，爺說過陸家和張氏天師，對通鬼神的道士們研究甚深，卻從未提過白派，一個字也沒有，可見他也是知情者，大騙子之一。

要說我家人和別家人有什麼不同，很久之前我已經為此想破腦袋，大概就是感情奇好這一點。照理說來，住在一塊無法避免有些磨擦，我卻從來沒聽過誰對誰有怨尤，好得像好了兩輩子一樣。

我在離家之前，從不知道什麼是惡意。長大之後，心已經被愛養成肥滋滋的一團軟肉，就算受了傷、流了淚，還是能盡情去愛人。

我想起小七的故事，比較起我們的境遇，雖然相似，我卻比他幸運許多。他們可能上輩子養孩子被上天陰了一把，這輩子卯足勁寵愛我。沒有修道者的枷鎖，任我開心大笑、悲傷大哭。

跌倒的時候，他們不會扶我，而是說：「小萍，過來。」

我要是能自己站起來，他們就會把我抱在懷裡哄。

記得有一年夏天，大伯從井裡抱來已經冰鎮過的大西瓜，爸爸手起刀落，切成八瓣，媽媽主持分西瓜大會，分到最後只剩下一片時，反手揍了算數錯誤的老爸一拳，然後一群大人對著剩下的西瓜嘆氣。

他們雖然感情很好，但有時也會因爲分贓不公而大打出手，像小孩子一樣，我只得挺身而出吃掉那瓣瓜。

小叔冷不防按住我的小手，又不像要跟我搶，而是想把西瓜留給某個人。

姑姑壓著眼角，似乎有些傷感：「我本來就該兩份，給我吃吧？」

「要留給白毛仔……」小叔執拗起來，強守著西瓜不動。

「采禕，西瓜不能放。」老媽勸了又勸，才讓小叔鬆手。

後來，那瓣瓜又被分解一次，大家一人一塊，他們就這麼端在手上，捨不得吃掉，就如同捨不得放下那孩子。

「小萍，妳吃吧。」

到最後，那份小心攢在心裡的愛，還是全給了我。

我毫髮無傷地爬起身，兩手忍不住去撫摸這些撐起地獄基底的泥土，連口鼻也一起埋進去呼吸它們的氣味。

難怪我下地獄卻不怎麼害怕，因爲生平的依靠幾乎都在這裡。

村裡的白袍人都是假的，我家人都在這裡。

泥巴的觸感愈發堅硬，大概是不想我再撒嬌下去。

「爸爸媽媽、大伯、姑、叔，我好想你們……」不要裝死嘛，跟小萍說說話。

好幾雙泥巴手伸出來，捧著我的臉，要我別在這裡耽擱，繼續去走完美麗人生。

「爺奶在嗎？」

泥手揮揮。

「是誰殺了你們？」

泥手捏住我的鼻子，不准我攪進他們修道者的渾水裡。

「你們不會不甘心嗎？差一點點就能見到神子了。」

泥手僵住，再也無法從容掩飾。他們投胎林家人的這一輩子，不是爲了林小萍，而是爲了小七兔子。

「跟你們說，你們七師弟這輩子長得可愛到讓人想一口吞下，完全是小男生的典範。」

泥手好像可以明白我在炫耀什麼，也就是說上輩子的小七，也是顆惹人憐愛的軟糰子，而他們最想要、最遺憾沒有見到的，是七仙成人的模樣。

不知道是陰錯陽差還是老天垂憐，這次小七是用魂魄眞身下來，還一路追到地獄底下，恰好讓他們可以清楚見到大白兔子。

「大姊，妳沒事吧？」他衣袍破了不少，披頭散髮走來，每走一步，地面就輕顫一下。

在我要吶喊「團團圓圓一窩兔」的時候，泥手死捂住我的嘴，無聲表示：不要說，絕對不要告訴他。

寧願讓他在天上懷抱著美麗遺憾，也不要讓他承受眞相大白的痛楚嗎？爲什麼我身邊的人都這麼傻？殊不知這樣被傻子們養大的我，就算天生聰慧，也會變成毫不保留付出一切的大笨蛋。

我悄悄對泥濘保證：「你們不用擔心他沒人疼，我會用我們家的方式，好好照顧你們家的白點兔。」

泥手消下，七仙愴然跪在我身前，緊緊把我擁入懷中。

我捧著他的臉，輕蹭著他的白髮。雖然意識到我這一世是爲了報答養育之恩才遇見白仙子，是欠了他的，卻還是覺得自己大賺一筆。

「小七，媽媽好愛你喔！」

我笑了笑，七仙定定望著我，傾身吻住我的額際。

□

我和大七坐著無形的升降梯緩緩上升。身爲商界曾經的宰羊高手，我逮住他與我生死分別的餘悸，大大方方地環著他揩油，他就這麼溫順地任我抱著。

他說，這場大破壞下來，陰間輕罪的魂被他渡去七成，轉生殿那邊又要魂口爆炸，對鬼界公務員很過意不去。

我望去，幾個遊移的魂影，還殘留著剛才白光普照下的色彩，它們不時環顧四周，似乎還在回味那個鮮明的世界。大人有大量，它們應該不會生白仙的氣才對，最多是找兔子決鬥的閻王不好。

想到那個邪氣的大麻煩，我才從摩天輪似的美好氛圍裡清醒。

「閻王咧？」

「我好像聽見大哥的聲音，閻王就收手了。」

大七說得隱晦，不想把阿夕牽扯進來，但整件事牽涉最深的大魔頭就是他了。

不知道是兔子能接受電波，還是我突然有了超能力，靠在大七身上的我，聽見閻王的說話聲，從內容判斷，還有一位尊貴的對象。

「陛下，那個女子不能留，她正一點一滴地在毀滅您。臣沒有惡意，反倒說不定這是漫長的歲月中，在您面前僅有的實話。」

「無論結果如何，臣會一直在這裡守著，誰都不能奪去您的國度。」

「您知道，臣並非忠誠，而是當奴才當得太久，懼怕您的淫威罷了。」

聲音靜下。我腦袋有點脹，我在人間能倚老賣老，但對以百年、千年過日子的他們，根本是白飯上的鹽，以爲能理解了，點評誰忠誰奸，但感情這種事，不管是愛或是恨，放太久都會變質。

如果沒法二分出惡人，那麼眞正的好人又該怎麼辦？

我聽大七喊「抓緊了」，就要穿過陰陽兩界。我能抱，當然不會客氣，只是忍不住往下望。黑暗被大七開洞所造成的作用力衝散開來，那隻鬼就站在底下，望著我往光明遠去。白活了一輩子，此時此刻才弄清楚眞正想對他表白的話。

「我很幸福，謝謝你！」

他微微一笑，連再見也不肯說。

死這一趟，我才發現，原來林之萍從出生之前就是比同伴還好狗運萬倍的孩子。能夠出生在這個世間，我還有什麼好怨尤的？

我醒來，左手阿夕，右手小七，兩個兒子各拉住我的一隻手，雙雙睡在病床邊。床尾的熊寶貝成爲第一個發現母親醒來的證人，我對他做出噤聲的口形，小熊便安靜地過來蹭我。

「媽媽，想妳。」

他口齒不清地說著。我剛從陰曹回來，還能看見幾眼寶貝熊的人型。

於是，我輕聲對小熊說起愛麗絲夢遊鬼境的故事。從前從前，愛麗絲被壞鬼推下陰間，遇到了美少女、判官葛格，還有閻羅王，有隻大白兔子，奮不顧身地跳進地獄來救她，大喊：他要她生，她就不會死。於是，愛麗絲又活了下去……

紅顏

「火烤兔肉，保證新鮮現宰。」

「哇，我開動啦！」

因爲驅除村子裡的邪魔有功，我一出院，就被禮車接送到地主家接受款待，同行的有神色漠然的大帥哥、熊寶貝，和家養白兔等。

和室桌上都是山珍野味，據村人供稱，他們本來要捉的是近來踐踏菜園的大山豬，沒想到撿到被放生的肥兔子，於是肥兔子就代替山豬走上黃泉路。

「小七，村子的事你出力最多，多吃點。」我看平時胃口很好的小兒子都不動筷，幫他挾起一大塊兔肉放到碗裡。舉凡雞肉、豬肉、兔肉，都富含發育所需的蛋白質，建議成長期的小孩子足量攝取，才會長到一百八。

不提人肉和狗肉，則是道德考量，而考量的標準取之於我。

七仙戰戰兢兢地吃著，媽媽問他好不好吃，他有些呆滯地說：好好吃。

「很好，記著你的肉就是這種味道。」我溫柔撫著他的白髮，感受他全身豎起的寒毛；果然，世上最棒的事就是玩弄我家兔子。

我又選了盤中最肥美的肉塊，筷子舉到阿夕嘴邊。他冷眼以對，我回以挑釁的笑，磨了一會兒，大兒子還是張開丹唇，皓齒叨住肉，然後轉過身，細細咀嚼給小七看，還妖嬈地抿了下唇上的肉汁。

阿夕每次心情不好，都是選擇玩兔子發洩。

熊寶貝看我們吃得香，也吵著要兔肉吃，奈何小熊的魂體還在長牙。我把熊抱到小七身旁，讓他嗅嗅生肉，等他長大了，兔子哥哥約莫也長肥了，也就可以享用了。

小七在邪惡家人的圍攻下，如秋風掃過的樹頭枯葉，一顫一顫的，就要崩潰。

杏春小姐在對面咳了聲，我露出炫耀的笑容，想生了，是吧？

「她那種水準，不用理她。」說話者是個妖怪，身為人類最忠心的朋友，卻欺主罔上，虧他還敢教訓林阿萍！

那一夜異變之後，陰陽兩氣暴衝，超出一座小山所能承載的能量，輾轉匯進山林守護神身上，於是大黃姑爺除了左手斷臂沒長回來之外，整個人好端端地坐在杏春小姐身邊，殷勤地為她舀湯又挾菜。

「哼，妻奴犬。」

「戀童癖變態。」

我們太了解彼此了，以致於一出口就直擊對方的痛處。

大黃從開飯到現在，已經諂媚說了十三次「老婆多吃一點」，杏春小姐當沒聽見，只有微微上勾的唇角洩漏她暗爽的心意。

對外宣稱姑爺當初只是到外地就醫，但村人可是看他在廳堂擺著不動讓杏春小姐哭了三天，心知肚明得很。老人家表示，早在我爺那代，就看過太多光怪陸離的事找上山，只要杏春小姐歡喜，姑爺復活沒什麼不好。

眞正的黃諳多年前早就因工過世，保險起見，杏春小姐花了點錢給丈夫黑來了一張身分證。

大黃曰：「等我被捉去燒掉再說吧！」

他誓死要多黏杏春小姐一秒是一秒的決絕神情噁心到我，我要他放一百二十個心，看看阿夕沒說什麼，小七也爲他們高興，就不用煩惱天地不容的問題。

酒足飯飽之後，杏春問我有何打算。

在我開口闡述鴻鵠大志之前，手機咕唧響起，來電顯示者爲代理祕書特助陳妹妹。

「之萍姊，人事不好了！」

「冷靜，學著點，像我以前那樣，把麻煩用力推給王祕書，被他罵兩句就解決了。」

陳妹妹咿咿啊啊，焦急地說明這次連神人老王也無法豬蹄遮天。

「董事會重新選舉，董事長被罷黜，總經理被辭退——」她緊張得深呼吸，我早一步意會到結果，屏息以待。「董事會提妳做新任大boss！公司現在炸掉了啦，之萍姊妳快回來！」

「知道了。」我優雅地掛了電話，學古代軍師繼續喝湯吃肉裝神祕。
「阿萍，妳不要笑得這麼低級。」
兒時玩伴活生生地鄙視著我，杏春小姐則說借用的錢不須還。
左擁大帥哥，右抱小兔子，成功護住兒子的監護權，又拿到整間公司的主控權，江山美男盡在手中，請容林之萍大笑三聲。

□

離開時，傾盆大雨，但我心頭卻是一片萬里無雲。
「大姊，滿招損謙受益，妳笑成這樣是要討雷劈嗎？」
我們從老家走來地主家搭車，無可避免地淋了些雨。阿夕擦著熊，而我負責揉乾兔子。看小七那張臉被我搓成蘋果紅，情不自禁地多啾了兩下。現在的我可是堂堂大企業的總經理，性騷擾什麼的都可以吃案，不怕被捉去關啦！
杏春小姐和黃姑爺在門口送行，大小姐拿手帕對著我的雙頰啪啪兩下，約莫是看不過去我欺侮小男生的嘴臉。她教訓完，低眸仔細擦去我臉上的水珠，有個溫柔的鄰家姊姊眞是幸福。

她手勢突然頓下，拉著我眼角又扯我鼻子，兩眼瞪得老大。

「妳住院有順便美容嗎？」

「我本來就是大美人了，美什麼容？」我疑惑地笑笑。

杏春小姐轉頭要大黃從她的衣櫥裡拿帽子過來。黃姑爺立刻飛奔入內，又衝刺而出，恭謹地把朱紅色的仕女帽捧到杏春面前。

「阿萍，戴上，回家再拿下來。」

她很堅持，我也沒多問，和兒子們坐上計程車。

房子的事，蔡董致電過來，簡短一句「已解決」。我完全相信成嘉先生的品味和砸錢的魄力，敬請期待林家牧場重新開張。

「大姊，不要再笑了。」小七握住我的右手，阿夕則瞥來一眼，「妳才從地府撿回一條命，再衰也不過如此，卻突然大富大貴，這樣暴起的好運，妳承擔得來嗎？」

「呵呵，說運氣也沒錯。」我實在抑制不住嘴角，從接獲喜訊到現在，身體一直有股脫光跳舞的衝動，「小七，回去就可以看到蘇老師和九妹妹子了。」

七仙低頭嗯了聲。我可以感知他期待著與老師同學們重逢，但他和囂張的我不同，值得高興的事也不敢太開心。

「今夕，聽說整所大學都在等你回去呢！」我轉向同樣拋棄同學許久的大兒子。

阿夕隻手撐著俊容，冷冷的，喜怒無形。這次他被賣得太徹底，報紙和雜誌都殘留著他最不堪觸碰的兒時記憶，以往建立的無敵形象瓦解了，不知道過往的支持者會怎麼看他。

「妳不用擔心我，不過是一群乳臭未乾的小子，我應付得來。」阿夕指尖從眉梢滑到耳下，灰濛的雨天更襯出他眉宇間的鬱色。任何看到這畫面的小女生，下輩子應該想投胎做他的指甲垢。

我當阿夕在放空自己，沒想到我一個眼神他就接話。眞是的，都在注意媽媽嘛，悶騷。

阿夕一句話都沒說，直接揪住我的左耳行刑；我們母子倆的默契已經達到不需要言語的境界。

我哀哀求饒，他才鬆開長指，往下牽起我的左手。

我心頭的跳舞小人連內褲也脫了。

□

記得許久許久以前，那時正好丟工作，天天都能坐在病床邊看小孩，他躺在床上一動也不動，我就揉著他的手腳，一邊促進血液循環，一邊打發時間。

我揹著家人的喪葬費、爺的醫療費，還有大學貸款，是個一屁股債的女人，過著賺錢還錢的無聊日子，沒有任何人生計畫，直到我從墓地撿了個小孩子。

爺過世後，我覺得自己一直在尋找些什麼。我捧起那雙瘦弱的小手，心想，或許就是他了吧？

送醫後的第四天，他終於肯睜開眼面對這個世間，那是一雙灰冷的眸子，不該長在孩子稚嫩的臉上。

「醒啦！」我朝他一笑，他回以怨毒的目光，飛快抽回自己的手。

敢情我這個恩公，在他眼中是害他沒死成的仇人？

「我是之萍，林——萍萍仙子！不要太驚訝我的美麗。」我有意降低智商討好他，可惜他看我就像看個白癡，「這位從亡者安眠之地現身的王子殿下，請問你叫什麼名字？」

小王子可能一心念著某朵帶刺的玫瑰，連我這個絕色也撼動不了他的芳心。

警察先生查不到小王子的來歷，讓我更加深信他來自外太空。我試著用火星話和銀河通用語和他溝通，但可能文化差異太大，他始終安靜得像個啞巴。

處理小夕案子的社工小姐提出「寄養家庭」這個點子時，我想沒也想，拿出地球人的驕傲說道：「相見即是有緣，不如讓我養吧？」

我沒來由地認為，他要是離開了我，很快就會再死去一次。

社工小姐甚感欣慰，直說人間有溫情，但她要我拿出養得起小孩的薪資證明，於是我摸摸鼻子去找全職的頭路。

小王子出院，我再加一筆債務。他其實不像表現出來的冷漠，幾天相處下來，冰山就融了角，伸出手讓我牽。

我帶他到臨時找來的套房，他卻死活不肯進去，當晚只得帶他去睡廉價的賓館，整夜都是隔壁房情侶激戰的聲響。

後來我才從鄰人處得知，那間套房燒死過人，住過的人沒多久呼吸道就會出毛病，肺和氣管像是被濃煙嗆傷一樣。

好不容易從黑心房東處討回租金，我再接再厲，這次是一般民房分租，他依然佇在門外，臉色整個發青。

我無法再帶他去開房間。櫃台小姐認出我們，她大概看了太多社會黑暗面，竟然懷疑我是喜歡小男生的變態。

我伴著隔壁銷魂的呻吟，哼著不著調的安眠曲，輕拍著陰陽眼的小王子入睡。看著他的睡臉，我內心盤算著還是讓孩子入籍比較方便，不過該取什麼名字好呢……

隔天新聞報導那間民房發生凶殺案，屋主被亂刀砍死。我爲屋主哀悼了一會兒，決定下次看房，一定要帶上具有凶宅偵測功能的小王子。

小王子出院沒三天就病情復發，倒也緩下了房子的問題，兩人一起睡醫院。負責他的社工小姐很認眞，常常來看他，還給了我十個不適合領養小孩原因的台階下。

我本來以爲打工過日子沒什麼不好，自由自在，那一刻才發現自己在社會上有點卑微。我抱膝坐在床邊一整晚，雖然他略去傷痕依稀是個漂亮的孩子，眼神看起來也很聰明，有點喜歡也有點捨不得，但還是放棄吧？

臨走前，我再問他要不要跟著我，意料之中，他沒回答，只是拉住我的手。

自此，我們數度被社工小姐關注，有時還賭氣說要分開，但終究一起生活到今日，以後也會繼續走下去。

以上便是林之萍成爲萬隴集團總經理的起點，我一定要叫記者寫得感人一點，好蓋過前任總經理的父子宣言。

「媽，妳眞無聊。」阿夕駁回我的提議，認爲沒必要再炒作他的身世。

「眞是悅耳的吐嘈，你喉嚨好像好了不少。」

阿夕那個金嗓早落下病根，又因爲公演在即不肯休養，怎麼治都藥石罔效，我多怕他像林黛玉那樣咳出血來，沒想到冰糖梨子一喝就改善大半。

林今夕凝視著我，想看出我滿腹的花花腸子。拿出過去的甜蜜往事動之以情，又冷不防提到他的帶刺玫瑰，很難不猜中我盤算的主意。

要是眞能換到一句大人饒命的赦令，不枉我和他十來年的情分。

至今，他的手大得可以包覆住我整個手掌，即使我某方面說來，背棄了彼此的情誼，但他仍舊沒有放開手。比起外人，總是留下一份寬容給我。

「媽，妳愛我嗎？」

「阿夕，說眞的，我已經不知道了。」

□

回到繁華的城市，第一個接待我們的故人，是蔡大董事。蔡董穿著休閒風的直紋襯衫，隨手拿著一根玉質光澤的細杖，彬彬微笑，謙和地表示房子已經準備好了。

新居位於優質學區，離阿夕和小七的學校很近，非常高級的地段。我望著紅色屋簷的雅致平房，前有小花園，後有三十年老樹，而且附近人家都有養狗，可以玩，太完美了。

「還滿意嗎？」蔡董事這句不是問話，而是在期待我爲他尖叫。

「蔡董我愛你！多少錢？」

「說錢未免膚淺，只要妳把公司帶起來，這些都不算什麼。」他提杖輕輕敲著皮鞋跟，見我注意到他的裝備，又笑了下，有點像小孩子炫耀寶物。

「這根木杖眞適合你。」討好又不能太諂媚，奉承家財萬貫的房東，眞是一大門學問。

「我看蘇品拿著不錯，也去訂做了一根。」他把長杖輕甩上來，轉一輪給我欣賞。要是換作別的有錢人，我心底一定痛斥無聊，但蔡董事可是因喪妻喪子才變得這麼無聊，我連腹誹也不忍心。

在我想拍拍蔡董肩膀爲他打氣時，阿夕咳了兩聲，連帶引來蔡董事的注意；他再看向一旁抱著神像要安位的小七，意識到事件相關的敏感人物全都在這個家中。按常理推論，很難不指向這一切都是林母陰謀的結論，但我真的很無辜。

蔡董事等我和兒子們安置好行李後，簡略敘述了董事會當天選舉的來龍去脈。

經過轟轟烈烈的醜聞報導，董事長和總經理已經撕破臉，開始捉對廝殺。雙方陣營分別持有百分之三十與百分之二十五的股份，積極爭取包括蔡董事這種敵我未明的大頭和散戶，孰料半路殺來金融界的翹楚，買下所有零散股份，成爲與蔡董事齊頭的大股東，在會議提名我這美麗又邪惡的女子，頓時風雲變色。

「王祕書保留，世傑又倒戈，都是爲了妳。會後，大家都說妳對董事會的獨身男子施了妖術。」

冤枉啊，我這樣的平凡女子，若生在中古時代，頂多跑去教會偷看小男生，絕對不是什麼媚惑人心的女巫。

「蔡董，那個拱我出來的程咬金是什麼人？」

蔡董事有些訝異：「妳不知道？我以為妳和岳辰早就認識。」

岳辰不就是小琳他爸？我跟他只有剁雞雞的過節，稱不上交好。

蔡董臨走前，再度邀約週末的廚藝交流餐會。他聲稱已知要去除魚的內臟才能煮，進步很大。餐會主要成員有善良得願意試毒的蘇老師、負責善後的王祕書、能當面指責他做菜真的很難吃的龐少董、偶爾跑去他家睡午覺的岳辰及其小跟班，幾乎都跟我有一腿，非常驚人的陣容。

「世傑在，阿偉就不會進來，妳不用擔心要同時應付他們兩個。」蔡董事連我跟一群男人糾纏不清的狀況都考量進去，可見真心想邀請我參加。「我也認為妳應該和支持妳上台的董事多交流。」

於公於私，我都應該去見識一下，只是阿夕在旁邊做出割脖子的手勢。於是，我摒除了想看單身男子派對的私心，告訴蔡董事，公務還是在公司裡談就好。

「妳也知道他們人都不錯，但有個缺點。」

「矜持。」我可以想見一群男人埋頭吃飯的死寂場面。

蔡董事笑了下，我覺得內心有什麼鬆動開來，好像本來我對人的心牆就亂蓋一通，很不牢靠。

「之萍，一起來嘛！」他伸手拉過我的手腕，就這麼搖兩下。不愧是結過婚的男人，撒嬌功力爐火純青。

等我回神過來，蔡董走了，而我已經答應了。

「夕夕，聽我解釋——！」

大兒子陰沉著臉，在家中和別的男人有那個啥可是他的大忌，我撲過去請求皇上息怒，他不理我，我們就在開闊的客廳裡快步追逐。

門鈴響起，小七看母兄忙著冷戰，乖巧地去應門。

「比起照片，本人看起來更可愛呀！」我認出這是格致的聲音。

小七似乎被大陣仗弄得一怔，只是害羞地回：「哥哥們好。」

小草一行人倒抽了口氣，似乎可以明白阿夕這一年來口味轉變的原因。

阿夕放棄我這根花心在外的朽木，過去維護還在成長期的兔子弟弟，不肯他朋友再與小七進一步接觸。

「今夕哥哥……不，今夕陛下，臣等來接駕了。」

格致說完，即由小草領頭，一群人帶著班戲性質又夾藏了一點真心，在新家門口跪了下來。

今夕半倚著門板，眼神巡過他們一輪。我在後頭吊著心眼，良久，才聽見他出聲：「起來吧，垃圾。」

小草他們面面相覷，可能是訝異於阿夕竟然沒讓他們被大雨淋過、烈日曝曬就放過他們；也可能是因爲起身就得承認自己是垃圾，有著顏面上的掙扎。

「對，我是垃圾！永遠都是陛下腳下的廚餘！」第一個站起來的是被虐狂鴿子，用赴死的表情遞過手上的兩袋生鮮。「陛下，好久不見，請煮飯給我們吃！」

「求陛下煮飯給我們吃！」眾人伏地請求。

我這時候不出場，更待何時？

「皇上，這都是與您打天下的忠膽之士啊，請聽哀家一言……」

「媽，閉嘴。」

阿夕接過食材，逕自走向廚房，小七跟上去幫忙。

「耶！」我和大伙兒擊掌喝采。

「姨姨！」小玄子過來撲抱住我，我們呼嚕嚕地在客廳裡轉了兩圈。

小草擠掉小玄子，趕緊上前表白他這些日子有多思念乾娘。我認眞聽著，不時去揉他細髮間露出的那截耳朵。等他驚覺眾目睽睽說了些什麼時，木已成舟，大家都知道他有多愛我了。

「小琳呢？」

「和茵茵去上美甲班。」格致溫和地回說。

「花花還好嗎？」

格致漾起新婚般美滿的笑容。

香菇到我前頭，慎重一抱拳：「娘娘，托您的福。」

「說什麼傻話？本來他要是有個萬一，我也不願獨活。」我的賢母台詞著實震撼了他們。

阿夕以圍裙之姿上菜，看著他的友人們，就像看著一群腦袋正常的智障，連著了我的魔道都不知道。

「今夕，兔子呢？」

「我叫他帶小傢伙出去外面晃晃。」

格致「啊」了聲，失望沒熊可抱，其他人則紛紛埋怨阿夕小氣，把白仙當小女友拽得死緊。阿夕冷眼掃過，他們又閉上嘴巴。

「媽，到我旁邊。」

我喜孜孜地坐上大位，想摘下杏春親賜的紅帽，卻不慎勾到髮束，甩落整頭長髮，餐桌頓時安靜得像便祕一樣。

「之萍姊，妳好像年輕不少。」

「嘿嘿，就說人須要放鬆嘛，看我渡個假，頭皮角蛋白變得多麼發達。」我與額頭打結的髮絲糾纏著，阿夕伸手過來，三兩下就解開髮結。

阿夕回頭掃視目瞪口呆的眾人，其他小朋友隨即低頭勤奮吃飯，大氣都不敢吭一聲。我準備了兩個碗，一個自己享用，一個要留飯給小兔子。

阿夕又幫我挾菜，讓我不得不再拿出慈母的派頭，要他自己多吃，媽媽手沒斷掉。他動作頓了頓，才說：「媽，抱歉，這些是給可愛的小七，反正妳手沒斷。」

眾人用力倒吸口氣，阿夕根本是有計畫性地婊我，太可惡了。

而且，他都挾沒動過手腳的菜色。我沒注意到他的暗示，不幸被某道炒蛋攻擊了食道，好一會兒都吃不出味道，與座上的一群好朋友一起按著喉嚨吐舌頭。

他擺明陰人，底下人也只能含淚吞進肚裡。為什麼阿夕好的不學，我的賤招偏偏用得很順呢？

他們飯後就要整裝到學校進行久違的團練。阿夕叫格致去找一把替代的樂器，格致也不負所托地弄來幾乎相同的黑吉他。

阿夕趕他們去洗碗的空檔，在客廳裡撥弄了兩下琴弦，似乎還算合意。他看我在一旁納涼微笑，大概又想起我雜亂的男女關係，沒好氣地別過臉去。

我送大男孩們出門，小草他們頻頻回首，阿夕則蹙起眉頭。

「會長。」格致猶豫地叫住他，「吉他是之萍姊買給你的。」

阿夕修長的背脊瞬間僵直起來。他知道我在看他，卻沒有回頭。

果然還是做太過了，讓他在朋友面前丟臉。我只是想，總經理做得到的，我也可以。

「別太累喔，有空記得回家換內褲！」

就算知道他們並非表面所見的青春大學生，但憑我對小朋友的愛，平常心以對不會太難，不過，看他們的身影完全沒入黑夜，總忍不住冒出幾個傻念頭，需要一點理智去抑制追上去的衝動。

我得守著這個家才行，這樣從另一邊散步回來的小七和小熊，才能見到媽媽。

「愛兔，小肚肚餓扁了吧？快點進屋用飯。」

七仙不疑有他，抱著熊寶貝進門，我按著門把，確認反鎖。

「阿夕和他生死相許的好朋友出去了，現在只剩媽咪和你們兩個小寶貝啦，白兔麻糬。」我從山上忍到山下，從白天忍到黑夜，再不滋補一下心靈，明天怎麼有去公司應戰的能量？

白仙小七縱使凌駕於三界之上，這時也不免被我的氣場逼退幾分。

「變態，今夕哥一不在就發瘋，妳想做什麼？」

「如果你不想你心愛的熊弟再次吸水沉沒，就來跟媽媽洗澎澎，咯咯！」

□

隔天醒來，桌上已經擺好早餐，還有一張「去學校，今天不回來」的字條。我就先吃飯再刷牙、洗臉，兩腳在柔軟的地毯上盡情抖動。

從我這邊望向客廳，昨晚試著在高級木質地板上打地鋪嘗鮮，棉被枕頭都還鋪著，綠色被單裹著一團隆起的人肉小丘。

我昨天一口氣把腦中那些該做的和不該做的全做足了，身心達到某種境界的完滿，就算公司有洪水猛獸等著我，也將能以一擋百。

「小七，要遲到囉，快點起來。」

棉被團抖動了一陣，最後還是蹦跳起來，他穿著我的高中制服，臉上不知道是氣紅還是羞紅，百褶裙十分適合他白皙的雙腿。

大概昨晚玩得太激烈，小七選擇先來吃飯再換裝，我們母子都是不耐飢餓的兔子。

熊寶貝開心地坐在小七穿著裙子的大腿上。我有些心虛，爲了自己的興趣，犧牲幼兒教育，要是小熊長大後有女裝癖，阿夕掐死我怎麼辦？

「兔兔，你那頭白毛怎麼辦？」

小七打了記響指，瞬間染好黑頭毛。他說這只是遮蔽眼睛的幻術，還是得等阿夕有空給他弄毛。

「以前怎麼不使用這個魔法？」

「天上對我的禁錮，有部分偏移到我的頭髮上，大哥送我到地府前，剛好解開這部分枷鎖，現在可以施點障眼法。」

「那紅色的呢？」

「才不要。」小氣兔。

「所以你又升級成更強的兔子了？」

「說過多少次，我不是兔子。」小七軟綿綿地咕噥著，「至少得與他暴增的陰氣抗衡，說強也沒多強，我只能把大哥學校到妳公司的土地劃下來。」

那就一整座城市了耶，神仙兔。

「大姊，妳都沒有覺得不舒服嗎？」他微抬起一雙發亮的異色眸子。自初次見到，就覺得他那雙眼睛漂亮，不知道真正毫無遮掩的樣子又會好看到什麼程度。

「沒有呀，大概是痛快玩了你，神清氣爽呢！」

他忿忿地瞪著我，大口咬下三明治。

「我把命契放在妳身上，怕這麼大的變化會連帶影響到妳。妳會熱會癢會痛都要跟我說，不然我怕妳死了都不知道。」我家兔子花了大把心力保護老母，不敢掉以輕心。

「怎麼會？媽媽又不是笨蛋。」

「怎麼不會？不過前天的事！」他氣得大白門牙都露出來了。

說到陰曹半日遊，我乾笑一陣，摟著他討饒。他跟著我的頻率搖晃了好一會兒才驚醒，跳下椅子去換正經的打扮。

我也去房間梳妝台整理儀容。總覺得小七愈來愈無法反抗我，有時眞惋惜自己是純良的兔子老母，而不是大野狼。

我看著鏡子；這幾天都沒機會好好正視自我，有點被林之萍的美貌給絕倒了。因爲實在太美了，我傾身擦拭鏡子，看看蔡董除了新家，是不是還附贈一片魔鏡給我，結果沒有任何異樣，鏡中依然只有年輕十歲的林家美婦。

我試著咧嘴笑，魚尾紋和法令紋，妳們去哪裡旅行了，朋友們？

拉開襟口檢查，捏捏才剛開始要下垂的乳房，果然是二十來歲的身體。

想來，過去年輕的我，仗著天生麗質，略施薄妝就出門，可是眼下這狀況，讓我不得不反其道而行，努力把自己畫成五十歲的莊嚴婦人。

我和小七牽手出門，連熊寶貝都疑惑媽媽爲什麼要演國劇，我只是意味深長地回說：

女人戰鬥之前，都要戴好面具。

□

深呼吸，我邁步走進辦公室。

「之萍姊，早……啊啊啊！」陳妹妹捧了滿手的文件，整個人又叫又跳。「妳回來啦，妳終於肯回來了！」

我以兩指向同仁行禮，他們不約而同地站起身，恭敬吶喊：「林總經理，早！」

我食指搖搖，糾正他們：「叫我之萍女王。」

「女王陛下，早！」

「很好很好，繼續忙你們的。這禮拜上班四天，明天晚上空下來，我請吃飯。」

「耶比！」

總經理長年在外跑生意，神龍見首不見尾，王祕書總跟著他四處跑，而代爲坐鎮公司的奸臣就是我。單論攏絡年輕人，老大實在不如我。

招呼完下屬，再來就是面對前上司、如今我的貼身祕書，王胖子。

我推開祕書室門板，端著最高貴的微笑，要給胖子一個終生難忘的下馬威；沒想到他忙著幹活，當我是宇宙塵無視。

「親愛的，看看是誰回來啦！」沒辦法，我只好露出耍白癡的本性。

他抬頭看了我一眼，又繼續埋頭苦幹。

我從手提包裡抽出黑底白點的領帶，偷偷摸摸湊過去。他終於肯停下工作，專心鄙夷我的品味。

「林之萍，這算什麼？」

「現在流行的簡約風，你要是偏好棕黑山豬紋，我也是弄得到。」

「誰跟妳說領帶？妳就這麼若無其事地回來，把我當成什麼？」

有瞬間，我以為自己近來發達的淚腺會炸開，但我只是笑得更柔婉，愈來愈有企業主的架勢。

「對不起，大人請息怒。」我蹲下身，兩爪子扒住他肉實的大腿，「志偉，我走後，沒有一天不想你。」

我盤據在他只要略垂下眼就看得到的地方，正所謂見面三分情，不過幾眼，他的鐵石意志就顫動起來。

「妳只是想留我下來做事。」你就繼續彆扭到底吧，胖子！

「開玩笑，我要不是礙於上司身分，早就強吻你了。」

□

我蹺腳坐在陳妹妹為我收拾好的原汁原位上，只差前面「特別助理」的牌子換成了「玉皇大帝」，旁邊有胖祕書打理公司的一切事務，眞是太爽了。

「好好幹呀，小王。」我閒得發慌，故意學前任總經理說話。

老王拿檔案夾起身，我立刻抱頭移走辦公椅。他不屑地哼了我這得志的小人一聲，把文件放在我乾淨無比的桌面上。

「過來簽字。」

「哦。」我又滑著眞皮座椅回來，總覺得十多年來屈居於他之下，一時間很難壓過優良豬肉的氣勢。「王祕書，我能不能買台專屬電腦？」

「我不會讓妳在上班時間玩遊戲。」

「太、太過分了，我林之萍是這種人嗎？」他就是這點不好，朝夕相處的大腸桿菌，我上廁所是補妝還是大便，都在他的掌握之中。「那我的薪水能不能加個十萬塊？」

「妳欠老大的錢還沒還清。」他幽幽地說，對前總經理還是相當介懷。

我長年都是以薪水砍半的方式攤還前總經理的恩情，所以職位很漂亮，權責也不小，但工錢卻很稀薄。

「咦，是嗎？我以爲你早就替我賣身還債了。」

老王這些年爲前總經理任勞任怨地做牛做馬，我估量了一下，覺得他的付出已經大於當年的知遇之恩，多出來的部分就讓我撈點回扣，應該沒關係。

「妳可以再無恥一點。」

羞恥心這種東西，早在我立志成爲癡母之後就灰飛煙滅了。

「胖子，你先別怨我忘恩負義，我怎知道他當年扶持我是好心腸，還是爲了阿夕？他一直都在背地計畫，總有一天要從我手上搶走他，還要我不能有怨尤。我沒法不記恨他。」

「他也有許多無奈。」老王對前總經理用情太深，至今依然執迷不悟。

「老大只叫你幫忙照顧今夕，什麼都沒跟你說對吧？他根本不相信你。」

「夠了。」

氣氛有點凍結。我起身去泡茶，順道搜括屬下一包洋芋片回來。

我給辛苦的祕書倒茶水，咔啦吃起零嘴。

「志偉，我跟老大不同，這個世上，你是我最信任的人，小孩和命都可以托付給你。順道一提，最愛的是我家兔子，超愛！」

他喝茶的姿勢微微顫動，可能太久沒見，對我的魅力免疫力有些衰弱。

我趁機追加一句：「我還想要一台賓士代步，不用司機沒關係。」

「所有要求，一律駁回。」鐵血無情的王胖子這才眞正從我倆感人的重逢中清醒過來。

下班時間，我打算藉著職務之便，大方去坐王祕書的便車，沒想到剛離開的小嘍囉又回來彙報：大樓廣場有董事要見我，約吃晚飯。

我問傳話的小李收了多少小費，他說一千，我討了三成。

「志偉，那我去賣笑啦，明天見。」我用氣音嘶嘶說道，胖子橫了我一眼。

我以平常心下去赴約，遠遠見到新來的岳董事倚著跑車車門，頎長的身形加上一身錢堆出來的名牌服飾，受到來往女性熱烈的關注。他就像人海中的一葉扁舟，無感周遭偷拍的閃光燈，抬首對著夜空發呆。

「嗨，岳董，你大腿還好吧？終於想到要告我傷害罪了嗎？哈哈哈！」

他回過神來面對白目的我。

「妳害我用O型腿走路半個月，銀行員工都問我是不是得性病。」

我感覺到怨念，撇撇嘴，人家會這樣直覺聯想，明明有一半是他花名在外的錯。

「不過，小月願意跟我說話了。」

想到琳琳淌滿淚的小臉，我還是覺得應該再割深一點，太便宜他了。

岳辰從西裝內袋裡掏出首飾專用的絨布方盒，在我面前打開，是枚鑽戒。

「是我拱妳上位，妳就以身相許吧？」

我大腦停止運作十來秒才重新啟動，根據我多年來的親身經驗，男女交往還是門當戶對得好，像他們這些世家大爺的想法，民婦對不上腦波。

「呃，誤會吧？我又不喜歡你。」

「沒關係，小月喜歡妳就好。」

暫停一下，讓我好好思考——可以揍他嗎？

「我手痠了，妳快點決定。」他催促著，我嗚嗚兩聲，果然還是揍下去比較好。

「阿辰，我們還是當一輩子的好朋友吧！」我用力握住他的雙手，順道把小盒子蓋起來。

「不能上床的才叫朋友。」這男人真是衣冠禽獸。

「那有一天你發現同性的好，你不就沒有朋友了嗎？」我循循善誘。他犯桃花的眸子不耐地垂下，似乎在鄙夷我的歪理。

「妳不答應我，我就把妳從位子上踢下來。」

這個渾蛋！

「岳董，你壞，總是要給人家考慮的時間嘛！」孔子說無欲則剛，可是我還有好多事情沒做，不得已拋開自尊，辦完再蓋他布袋也不遲。

「我突然有點想看妳認眞向男人撒嬌的樣子。」

到底是哪裡引起他的興趣？老娘老了，只想回家搓揉小兒子的臉頰肉啊！

「阿辰，我們之間最重要的，不就是琳月嗎？」

他這才放下施惠者的身段，願意聽我說話，而不是一意孤行。

「我們去買個禮物給她吧？你跟她說是我們一起選的，她一定會喜歡。」

「好。」他答應了，我終於取回場面的主導權。

□

等我大包小包地回來，已經七點多了，眞擔心兔子寂寞到死掉。

我進門，卻是一家和樂的畫面，小糖果和小兔子靠在一起看電視，之間還有隻現成的熊兒子，軟綿綿又甜滋滋，未成年眞是太棒了！

「九姝，有沒有想我啊？」

「林媽媽！」小糖果飛快地撲進我懷裡，我不禁慶幸自己的年輕肉體能夠把她抱起來轉圈。

我眼角瞥見小七想起身過來，卻又坐回去。

「妳二哥怎麼捨得放開妳？」我撫著小仙女光滑的額際。她笑容一僵，有不好的隱情，卻又裝作沒事。「吃過了嗎？咱們一起吃吧，習慣一下妳以後嫁進門的生活。」

「大姊！」

「好的！」

小男生和小女生分別應道。

林家家教很好，都是男方洗碗，媳婦不用怕家事活。飯後，小糖果膩在我懷裡，就像顆半融化的棉花糖。

「天晚了，妳要不要回家？」七仙走來我們面前說道。小糖果的眼皮打架，一時間沒反應過來。

「兔子，你該不會在吃人家的醋吧？晚上就能盡情跟媽媽玩呀，要對女孩子大方一點。」

「才不是！」小七那張嫩臉瞬間刷紅，這次中招得很乾脆。我只得詢問小糖果的意願。

她自然而然地對七仙投以一個挑釁的眼神，好似這世上沒有她得不到的東西，完全大小姐作風。她繼續賴著我好一會兒，才驚覺自己還沒過門。

「七哥，你一定要相信妹子，我愛你啊！」小糖果誠懇地表示，她絕對不是覬覦有老母疼，才想作林家媳婦。

「妳們眞是夠了！」

小七被我們鬧得發火，等他蹦跳完，小糖果才去玄關拎來皮鞋，溫雅地站定在小七身前。我在旁邊鼓譟「公主抱」，小七沒理我。

他們跳躍傳送的瞬間，我似乎見到七色彩衣的絕美女子和白袍青年；看他一臉愼重地牽起對方的手，我心想，他們就這樣到桃花林的世界也沒關係。

不過，小七沒半分鐘就回來了，我都來不及感慨。

據七仙供稱，小糖果家裡的確出了點事，但她認爲自己的哥哥要自己來保護，不想給一直很衰的我們家添麻煩。

「小七，你要像她支持你那樣，好好守護著她喔！」

他乖巧地答應道，雖然他的本質足夠蛻皮成好男人，但還是要適時調教一下。

「然後是這個。」我從手提包裡拿出一袋夜光星星，「兔兔，晚上我們來布置房間。」

「租的房子可以亂動嗎？」

「唉，別管他。」

「大姊，我自己來就好。」他低著頭接過星星，害我忍不住揉亂他的頭毛。

我想玩到他抗議再說，但他只是捧著星星，安靜地佇在我胸前。

「小七，媽媽可以抱你嗎？」

我傾身環著他的背脊，輕輕蹭著他低下的後腦勺。前一會兒我才覺得可以目送他遠去，這下子又想永遠把他留在身邊。

熊寶貝想鑽進我們的肚子之間，他成功了，卻又鑽了出來，毛耳朵沾上了水滴。

小七哭起來可以完全沒有聲音，我聽阿夕的主治醫生說，那是感情極度壓抑的表現之一。他從很小的時候，就是忍耐著過日子。

「小兔兔，怎麼啦？跟媽媽說。」

他胡亂地搖著頭，只是把我抱得更緊，讓我心疼得不知道該如何是好。

後來我才知道，小糖果直說都是她的錯，因爲她二哥就要走了，順口問了小七：聖上什麼時候召你回去？

我一直有做心理準備，台詞都想好了，不怕離別的場面太難堪。

卻沒有想過，要是換作他捨不得我，想要永遠、永遠在一起卻求之不得，我該怎麼止住他的淚？

□

隔天清早，我終於聽見阿夕回來換內褲的聲響。

今天是阿夕第三度競選學生會的日子，要是輸了，秋末公演也得停辦。本來他們勝券在握，所有拜票活動都拿來練樂團，沒想到老天會耍他們這一把。

上屆學生會長選舉，林今夕以九成的得票數連任，與他變態的支持率作為對比，剩下的那一成學員，非常不滿他的高壓作風。好不容易他出了這麼大一樁變故，當然要逮住機會落井下石。

格致來信表示，就算他們全力澄清，校園氣氛還是不太友善，在有心人士的鼓動下，學生們認為阿夕背叛了他們。那時候，學校被八卦媒體弄得亂七八糟，會長卻置身事外，扔下他們，躲得遠遠的。

小草忍著不抓狂，艱難地拜託大家別再提父親的事，他們陛下不是生來給別人羞辱的。

香菇可以理解理盲濫情的群眾，但再這樣下去，全校學生都會被拉下地獄轉過三百輪，對阿夕造口業，可不是凡夫俗子能承擔得來的。

而該盛怒以對的魔王陛下，只是在廚房裡專注地給生薑切絲，沒有任何受到外界干擾的跡象。

我再看個兩三眼，他和他做飯的背影簡直一模一樣。

「小七，今天便當有魚。」

「謝謝大哥。」從我這邊看不到小七，只聽見他歡愉的聲音。

阿夕溫柔地揉著小幫手弟弟的腦袋瓜，就像我在外頭爾虞我詐回來，看到小七兔子憨然的樣子，疲憊的心靈就被治癒大半。

「你連著兩晚應付媽，累了吧？現在還早，再回去睡？」

我久不見大兒子的賢淑，原來都用到小七身上。

小七沒有回答，阿夕跟著安靜一陣；等他往外邊走，我才看到兔子默默抱著他哥哥。阿夕本來還有餘力打蛋，但打一打，動作就遲緩下來，最後把蛋和油鍋放在一邊，全心來安撫小兔子。

就算模糊意識到他和阿夕的敵對立場，想到以後說不定再也吃不到哥哥的飯菜，兔子就整隻軟弱得可以。

雖然我至今守口如瓶，心裡也不敢去想半個字，可是小七好像隱隱明白了他親愛的師兄們已不在世上的事實。

「兔兔、夕夕，早啊！」

小七立刻收手，在阿夕身邊立正站好。阿夕則投以指責我無聊的眼神。

「小七，你都要媽媽來抱你，卻自己抱哥哥，比起媽媽，你比較喜歡哥哥對不對？」

「妳在胡說八道些什麼！」七仙被我當面活逮跟阿夕撒嬌，混亂一片，連嗓子都拔高三分。

「林七兔，你愛上了林今夕，對吧？」我敲下法庭的判槌，阿夕手中的鍋鏟滑了下。

小七想否認，卻沒辦法說他不喜歡哥哥，腦子轉不過來，燒壞幾根神經，當場當機。

呼呼，兔子好好玩喔！這樣呆呆地給我和阿夕養著，才是他最好的歸屬。

「媽，大清早的，妳應該有更營養的話題才對。」今夕手一得空，就去摸小七的頭，看看能不能調整回來。

我鋪陳那麼久，就是爲了這一句：「阿夕，加油！」

他怔了下，然後自信地笑道：「我還用得著妳來鼓勵嗎？」

弱者需要有家庇護，強者也需要可愛的小家庭來洗滌外面的紅塵事，如此這般，林之萍即使功成名就，也會繼續在養小孩的大道上砥礪前進。

□

今天也容光煥發地去公司打混摸魚；我還沒進門，就被屬下諂媚包圍，恭喜我成爲億萬身家的岳太太；反觀昨天只說幾句「之萍姊以後也要照顧我們喲！」的敷衍話，他們大概認爲一個大孀嫁入豪門，比當總經理値得高興。

昨天被岳辰求婚的消息，已經傳遍全公司，我這個當事人，這才聽說他拿出的鑽戒有雞蛋大，連他那台全球限量的跑車也是聘禮。

他們扔下工作，詢問我和岳董的約會如何。我如實以告，岳董是個懂情趣的男人，笑容迷人——這點是林之萍以前的死穴，但我無意於他，反倒深愛著他可人的獨生女。

「妳這個變態！」

「喂，這是聽人八卦的禮貌嗎？」

我和年輕人們哈啦過後，不知死活地走向我和老王的愛巢。我按照習慣，用肩膀去撞祕書辦公室的玻璃門，再像天鵝般旋身進去，不料門板竟文風不動，任憑我用頭去敲都沒用。才發現門上了鎖，可是老王明明就在裡頭。

「胖胖，我是萍萍呀，是林總經理喔！」

他完全不理我。

我翻出鑰匙，卻插不進去。老王竟然連夜換新鎖，可見岳董的鑽戒引來多燒的妒火。

「之萍姊，反正妳也都在打混，不如先去會客室休息好了。」陳妹妹儀態滿分地過來招呼我，還給了我一盒巧克力棒。「我有空就會來跟妳說話，要乖喔！」

我想也只能如此了，畢竟我和老王的產值完全不能比，雖然能夠理解他的更年期，但我還是跑去用指甲刮辦公室的門板，表達一些怨念，再搜刮茶水間的報章雜誌，蹺腳看報。

約莫下個禮拜一，董事長那邊的人馬就會過來談判，前總經理應該會晚他們一步，這樣才好討價還價。

權力在老太婆那邊，廠商和分公司在老大手上，他們這些日子的你死我活，都不知道旁人已經厭煩害怕站錯邊的壓力，才會讓我撿到寶。

要是我真的把公司拉上去，就能堵上老太婆的嘴，前總經理也就玩完了。因爲他一手創立的企業，已經不需要他了。

我放下咖啡，鎖匠終於大駕光臨。鎖匠先生一邊開鎖，我一邊佯怒地說道，怎麼會有人這麼笨，把自己鎖起來了呢？膽固醇都吃到腦袋裡了嗎？

待我進到辦公室，便跟老王要開鎖的公費；這一刻，若非大庭廣眾，他一定會殺了我。

嘖嘖，因愛生恨，已經不是新戲碼。

爲免他爆血管，我殷勤地整理文件，能裝忙的都忙完，就坐在他手邊當花瓶微笑，不說半句廢話。

「妳的臉怎麼回事？畫得像鬼一樣。」

哈，理我了，理我了！

我略垂下頭：「沒什麼，只是煮飯被燙到，用妝蓋過去。」

他瞪著螢幕沒動作，然後發出厭棄自我的嘆息，拉開他的百寶盒抽屜，拿出一小塊布巾，和寫著法文的透明液。

「這個可以立刻卸妝，有傷就不要悶著。」

看他這麼為我著想，我只得不好意思地告訴他，剛才都是唬爛的。

「我總有一天會斃了妳，林之萍！」胖子惱羞成怒。

「其實是這樣的，我也不知道該怎麼向你解釋。」我把透明液倒在布巾上，抹開右半臉的妖艷濃妝。

老王瞥了我一眼，猛然直起身子。

「可能上天看我養小孩那麼努力，讓我返老還童了。」我無辜地向他攤開雙手。

□

晚上便是狂歡會，不醉不歸。

話是這麼說，但我畢竟還得回家玩兔子，只用力灌別人酒，餐廳外早叫來整排計程車待命。

「脫、脫！」

我坐在三張椅子併起來的大位上，搖著蔓越莓汁高腳杯，一個個二、三十來歲的小伙子只能含著淚光，受盡凌辱。

早在一萬年前的大洪荒時代，不知道哪個聖人說過，人們只要脫光光袒裎相見，就能換得情比金堅的情誼。

小張和小吳跑來我的王位倒果汁又按肩膀，直說他們一群男人剝下來的西裝長褲都堆成一座小山，什麼時候輪到女孩子？

他們目光不約而同地飄到跟著台語老歌搖擺身子的公關陳妹妹身上，渴望見到她那總是包得死緊的曼妙身軀，我哼哈兩聲，敷衍過去。

「我正想問你們，我不在的這段期間，公司發生了什麼事？爲什麼我家妹子看起來開朗不少，可是卻更堅定地和你們這些單身小子劃清界線？」

他們幾乎要哭死在我懷裡，幸好即時收住。

話說日前那個空降的龐姓公關主任見我遠走他鄉，立刻對陳妹妹下手。他打聽好陳妹妹的行程，趁她單獨參加研討會時，狼爪伸了過去。用公司的名聲威脅她，敢不從就讓她身敗名裂，踢出單位。

我和小伙子們義憤塡膺的想法不同，我能想像陳妹妹當時的恐懼。就因爲失去我這個保護網才發生這種事，她看我悠哉回來，竟也沒怨我半句。

老天有眼，就在陳妹妹水深火熱當中，結束記者會的王祕書，壓著龐少董到同一個研討會，向合作企業請求諒解。王胖子明鏡高懸，一下子發現陳妹妹狀況不對，就三步併作兩步地上去捉人渣。龐人渣拿出之前放過的那套話，要把陳妹妹上報到董事長那裡，偏偏龐世傑在場。

龐世傑不是幫親不幫理的人，他只幫美女。

陳妹妹驚險地受到兩男所救，回公司後直到下班，俏臉都紅通通地一片。

從此，茱萸妹子心目中的好男人，就往大叔偏移過去。

□

「這結局還不錯嘛！」我低啜一口酸甜的葡萄汁。

「之萍姊！」

「我沒你們這些沒用的小弟，別吵，我要接電話。」我揮斥閒雜人等離開，就等著介於男人和小男生之間的大男孩通報消息，比全球股市崩盤還要緊張。

「之萍姊！」

「怎麼樣!」我和小草對著話筒隔空吶喊。

「陛下贏了!」

小草哭了出來,他就知道,不管是獨裁國家還是民主社會,天生的王者在哪裡都會成爲受人景仰的大君。

「這樣我就能安心地把公演的門票寄給妳了。」

「嗯嗯,記得寄兩張喔!」

我和小草非常愉悅地結束通話,這時,閃光燈朝我連閃兩記,也不先說一聲,害我來不及擺出妖姬的姿態。本以爲是事件餘孽的記者,卻見到事件肇因的姊弟倆——杜娟和她的寶貝攝影師。

我萬分戒備,想起膝下還有一隻熊寶貝沒受他們荼毒。

「請放下妳的高跟鞋,我們只是追蹤客戶的後續生活。」杜娟端莊地行了禮,順帶壓下她弟弟的脖子,一起問好。

我往台下打響指,請餐廳經理準備包廂。

「事情是這樣的……」

「我們公司想多招一名業務,薪水是這樣,有興趣嗎?」我先聲奪人。現在的我,可不是無家可歸的大嬸,而是企業大王。

杜娟連推兩下金邊眼鏡，直呼不可思議，完全違背現今的薪資水平，難怪有那麼多人擠破頭想進我們公司。

「而且同事人美心善，很多都是一出社會就被我們人事部拐騙進來的小羊，完全不懂勾心鬥角，妳一定能相處愉快。」

杜娟天人交戰，咬著下唇說道：「不行，我走了，阿叔一個人怎麼辦？」那種專幹拆散家庭的事務所，倒閉也罷。

「姊，我覺得不錯，又是老闆親自請妳工作，很難得。」不愧是行蹤神祕又明事理的弟弟。

杜娟暫時離席，致電給她那個死後不得超生的叔叔，商量未來發展。

聰明如她，竟然就這麼把唯一的弟弟扔到魔女手中。

「妳害我姊姊之前不停追問我十殿的事。」他戴著慣常的深紅色眼鏡，看不清眼神。

「抱歉，冤枉錯人。」我翩然一笑。上次見面後，我幾乎以為他就是凶手了，直到琳琳口中冒出他的名字，才曉得自己把警察和嫌犯給搞混了，畢竟兩者都會在罪案附近兜轉。

杜晚冬摘下墨鏡，露出血紅色的眼瞳，這應該是他幼時被稱爲鬼子的主因。

明人不說暗話，所以說，十殿叛徒到底是誰？

他打開照相機，沿著包廂四周咔嚓四聲，才容許我繼續話題。

岳琳月（觀察者）、杜晚冬（調查者）。

核心人物——葉素心（王佐）、夏格致（諫官）、古意（御前統領）。

旅外——羅子玄（法師）、程清湖（吟遊詩人）。

最近才認領回來——沈牡丹（畫家）。

最後——鎮守陰間世界的閻羅大王（渾蛋）。

杜晚冬同學看我列出來的表單，不由得皺起細長的眉。

「羅太監在下面負責用刑，高麗菜是將軍，閻羅是渾蛋沒錯。」

「別跟大嬸計較嘛！」

一個個寫出來就很清楚了，不用私底下揣測，弄得人心惶惶。

背叛者就是那個不敢把名字曝露在陽光下的傢伙，我連自己都懷疑過，只是出世離他們轉生太遠，陰曹一遊後，也證實與他們無關。

「不，能夠接二連三損害到他，幾乎撼動到林今夕的地位，絕對是身邊的親信才辦得到。」他執起紅筆，把核心的二個人和琳琳圈起來。「琳月應該不是，可是她曾包庇嫌犯。她看似冷然，但在大事上容易被私情所誤。」

「你和小琳是？」

「不相愛的男女朋友。」

我才想起更早之前在哪兒見過他，當初千里尋子，就是他這個黑騎士載琳琳上山。但可嘆的是，看琳琳彈琴，就知道她無法忘懷我家大兒子；她凝視阿夕手寫琴譜的眼神，是既溫柔又痛苦。

「你眞正喜歡的人，也是她喜歡的那個人嗎？」

「妳知道得太多了。」晚冬同學說出滅口前的台詞，好在我是他心愛護貝照人物的老母。

「閻羅說得沒錯，應該徹底消去妳的存在，才能保有冥世的安寧。」

我忍不住笑出聲，杜同學能不能揪出犯人，和他有沒有認清現實，眞是兩回事。

「來啊，下手啊，保證你會死在我後頭。」

「妳是陰曹未修正的變數，註定成爲毀滅他的禍水。」

「講得好像沒有我，你們就不會亡國似的。」

自古美人多是亡國君王的藉口，妲己呀、褒姒啊、玉環胖妞，還有林之萍，嚇得一堆腐儒在朝堂恐嚇皇帝：「談戀愛有誤國政。」

他見我譏諷，稍微修正了以偏概全的說法。

「反正，妳會讓時間提早到來。」這還差不多。

「那點時間就當他勞苦功高，或者補償我當初被你們放棄的精神傷害好了。」

我和林今夕相識十多餘載，並沒有錯。

杜晚冬那雙紅瞳半垂地望著我，宛如紅寶石般璀璨。

「妳本來就會有一個孩子，而那孩子也會有個母親，這是我們十殿部分人默許陸判的結果。白派的犧牲和陸判的執著，讓無心的我們也不免顫動。」

我的笑容不免為之動搖。

「是他頂去你們之間的位子，那個叛徒的詛咒因此轉移到白仙身上。」

所以，小七這十年等不到媽媽，是因為我沒有去接他嗎？

「母親這種東西，我不是很明白……」他遞過手巾，原來我已恍然不覺地淚流滿面，

「但是請妳不要哭了。」

□

我踉踉蹌蹌地回到家，不是酒醉的關係。

阿夕不在，難得我蓄滿和他開戰的勇氣，若是過了今晚再見到他，他又是我寶貝了十多年的大兒子。

客廳燈早一步亮了，我忘記這不是舊公寓，室內燈在靠寢室的內側。

「大姊，妳回來啦。」小七穿著過膝襯衫，看來還未就寢，一臉睏倦。

明明是衝過去撲倒的好時機，我卻只是靜靜地望著他。

「熊仔被接去大哥的慶功宴，家裡就剩我們，妳休想對我做任何下流勾當。」

我微微地笑了下，他不由得走近。這到底是在提防我，還是勾引我？

「好像沾上了陰氣，但妳也習慣大哥了，這點分量應該不算什麼。」

待他再近一些，我摸摸他純白的髮，老生常問：「小七，有沒有想媽媽？」

我看他那雙眼小心翼翼地環顧無人的四周，害怕被人發現的模樣。

「也沒有多想，一點點而已。」

「可是媽媽應酬的時候，一直好想小七喔！」

他雙唇動了動，才說：「正常點，好嗎？」

「不可以想兔兔嗎？我不能盡情愛你嗎？」

「妳給的太多了，我只要一點點就好。」

「可是，小七，媽媽覺得還不夠，怎麼做都太少，快要瘋掉了……」我說著，就哭了起來，像是發酒瘋一樣。

他兩手端著我的臉，目光流露出一絲苦楚。

「妳不要這樣，減去上輩子，像我這個年紀的男孩子已經不會依賴母親了。大哥到了高三，應該也是獨當一面的人了，熊仔才是妳該疼愛的對象。」

「小熊寂寞的時候會來找媽媽，而你呢？你這隻兔子足歹飼！」

「不爽不要飼啊！」

原本不是母子交心的對話嗎，怎麼演變成飼主和寵物間的口水戰？

「算了，來給媽媽抱。」

他哼了聲，還是垂頭靠過來。延宕十年，我和他在外人眼中，早就超出適合培養感情的階段，害他不能盡情撒嬌。

我們今晚繼續在客廳裡打地鋪氣死阿夕，爪子勾爪子地一起睡。我哼著兔子王國進行曲，小七沒嫌我吵，有時還會搭上一、兩句。

睡夢前，我聽見他埋在枕頭裡的深情話語。

「大姊，如果再失去妳，我也會瘋掉。」

□

週休三日的政策實施後，果然星期五的公司只有王祕書一個人。

蘇老師說他學長都有記得回家洗澡睡覺（通常少於四小時），我直呼不可思議，如果我是新進人員，一定以為老王是住在公司的神奇小精靈。

「小精靈胖子，本總經理想麻煩你一件小事。」

「下個禮拜給我把妳愚蠢的放假制度改回來！」

唉，為什麼我倆的話題總是沒有交集呢？

「結算過了，企劃為了應付董事會，也早就趕工結案了。他們在公司風雨飄搖的時候還是這麼努力，讓他們休息也不為過。我想去調查兒子身邊誰是零零七，這個要是弄得不好，會傷感情，我需要可靠的伙伴。」

「關我屁事。」包包親親好冷淡喔！

「我兒子不就是你兒子？怎麼會與爸爸無關呢？」

「去妳的父親。」

他這個忤逆上司的態度，實在沒什麼好談的了，我只好退一萬步，請他借我車，然後我會買晚餐回來充當租金。

「我也不想麻煩你啊，誰叫你不配賓士給我！」

最後老王實在受不了我的吵鬧，扔了車鑰匙過來。

我帶了兩套衣服變裝，首先是調查門檻最高的上流社會夏家，我以格致的政治學教授身分潛入，就像當年他家遠親夏洛克一樣。

現在大學教授都不來做家庭訪問，讓我這個僞師長受到熱絡的款待。格致是家中的小兒子，長輩們分外疼寵，什麼好的都捧給他，可惜格致不太領這個情，因爲他是個需要人來凌辱的M（by學生曾）。

「我兒子預計攻讀研究所，就請王教授多擔待了。」

「格致這麼優秀，我關照他是應該的。」

「呵呵呵！」我和格致母親合音笑道。

她給我再倒杯茶，再遞來一塊小蛋糕，再三猶豫才開口詢問格致的交友情況。

我騙她說不知詳情，但她如果想詢問哪個學生的人品，給我名字就好。

「教授，那個謝因茵……」

「好極了！她是我教學生涯中見過最優異的孩子，聰明漂亮，家教也極好。我私下曾遊說她作我的兒媳婦，只是她心有所屬。」我每句話就像預習多遍的台詞，說得暢快淋漓。事關兩個孩子的幸福，要加把勁才行。

「這樣啊。」夏母有些動搖，「妳有沒有聽說過她一些傳聞……」

「就我所知，她好像是某個望族的大小姐，當過模特兒，學校很多男生都在追求她。」

「可是……」

乾脆一點，直接問我花花適不適合作兒媳婦吧，這個問題全世界沒有人比林之萍更清楚了。

夏母伸手握住我擱在茶几上的雙腕，似乎想要表達些什麼，十指指節用力到呈現稜角。

「王教授，和妳相談過後，我相信妳的爲人。」

我翩翩笑道，宛如世外高人。

「謝家千金和我小兒子有過孩子，他們向我坦誠過，但我實在無法不在意。」

「夏太太，妳認爲是誰的錯？」

格致母親華貴的妝容不禁顫動：「還能是誰的錯？都怪我沒把兒子教好。」

「所以妳有拿皮條鞭他嗎？」那會開啓另一個世界。

「什麼？」

「不，我只是想知道妳事後怎麼糾正。」

「也不曉得該怎麼罵，就算罵，孩子也不會回來了。他們怎麼會那麼傻啊！」夏母哀嘆，這個不可見光的祕密，不知道噎著她喉頭有多久。

每次星期五，阿夕要接熊寶貝回來都得耗費一番工夫，對格致進行肉體再教育，可是格致拚死也要擋他一擋，因爲送走小熊的隔天，花花情緒都會特別低落。他們兩人感情愈好、愈明白之間隔著一條幼小的性命。

別說夏母計較，他們也無法原諒自己。

任務在身，請恕我利用熊寶貝作爲切入點。

「有的就是註定好的劫難，請看開點。」

夏母兩眼閃了閃，問我有什麼信仰。

「我信鬼神，不信教。」如果小男生愛好會不算的話。

「那麼，請問妳有沒有聽過鬼子？」

「我認識一個，幾乎和時下青少年沒有兩樣。」我說得信誓旦旦又模糊不清，夏母因爲早就動了心念，很容易就被勾進圈裡。

「我兒子是鬼子。」夏母篤定地說道，托出產前見鬼入腹的夢，「我相信後天教育能把他培養成棟梁，正直勤勉，敢做敢當。只是發生與謝家小姐的事之後，我突然不太認識我的孩子了。」

我溫柔地笑著，轉換到下一個排解人身分，開解她心中的鬱結。

「夏太太，以我的專業研判，妳的兒子應該就像妳見到的那麼好。」

□

告別夏府，我驅車趕往下一攤。

格致原本就是三者中最不可能的人選，一個叛徒不會有時間爲了心愛的美人煎熬數年，而且他的工作必須指責他人過失，沒有眞心的人絕對沒有能爲他人設想的底氣，說不出逆耳忠言。

接下來是香菇古意的家，不是我在說，他家眞是太容易混進去了。我只在電話裡表示敝人是慈善機關，希望能到府上勸募，他家人就請我去吃午餐。

我在車上穿穿脫脫，換上素色旗袍，束起莊嚴的髮髻，再朝後照鏡擠出憂國憂民的表情，好像明天就會世界末日，看起來就是個資深教徒。

只可惜人算不如天算，我一進門，就碰上穿圍裙的古莫。

「您好，林會長的母親。」她害羞地向我點頭答禮。

唉呀，被戳破了呢，好想找個墓穴把自己埋了。好在我臉皮夠厚，硬是擠進他們的大家庭餐桌。

他們的上菜方式很特別，由主廚端來剛起鍋的菜餚，每個人挾過一輪後再放上餐桌，這樣不僅大家都能吃到，還能訓練端鐵盤的臂力。

古莫的菜完全超出大學生水平，我這個被阿夕養刁胃口的人，分得出新手和老手，她就是能單手拿起炒鍋的老手。她當初要是從交換食譜下手，說不定就能攻陷阿夕某塊講究極致美味的芳心。

「陳師姊，妳盡量吃吶，菜還有很多。」

「陳師姊？」古莫瞪大眼，我朝她燦爛一笑。

從古意健壯的體魄和他謙和的脾性，就知道他有一個在現代社會得之不易的美滿家庭。古莫和古意兩家父母都在座上，笑顏常開的夫妻是古意他家爹娘，看起來敦厚和善，但一說到佛法便風雲變色，好在我有從爺爺身上惡補一些。

「不愧是陳師姊，這麼年輕就兼修道佛有成。」

「善哉善哉。」

我等話題告一段落，才藉尿意來到廚房；古莫正在雕西瓜，依稀是個龍頭。

「嗨，美人。」

她有聽見我的招呼，頭低低地嬌羞垂下。

「謝謝妳沒拆穿我。」我湊過去想分杯羹。

「沒有。」她蚊鳴般地回應，「我想妳應該不會騙我。」

她都這麼說了，我再打哈哈就是林王八。

「其實我是來調查妳堂弟，阿夕的拜把哥兒們。妳是他姊姊，請問他有沒有不像他這個人的時候？」

古莫凝眉想著，一邊刻出翠綠龍爪。

「他小時候聽佛法，有時會露出糾結的神情，伯父伯母以爲他的體質不適合，阿意卻堅持要學，希望找到一塊讓心靈寧靜的處所，即使和他認定的眞實有所出入。」

「妳很了解古意。」

「恩主公……說過我很有靈性，也因爲感知到太多雜念，被惡念給縛住。」

說句實在話，那個邪魔歪道還滿會看人的，可是他這點能力不用來選育人材，而是挑揀內心彷徨又能爲他所用的奴僕，就是個混帳。

「我弟和別人不同，他不會言行不一，請相信我。」她低頭頷首，小心翼翼地維護自家人的名譽。

「妳畢業要不要來我家公司人事部？待遇從優喔！」

她始終沒有抬起頭，我能看見她因緊張而抿緊的唇。就像香菇爲她去跪阿夕，她也想要保護好在她迷惘時，一直沒有放棄她的小堂弟。

「別哭吼，我相信妳。」我拗不過，爲她劃除了古意的嫌疑。

最後，我來到交情最好的小草家。照理說，這個時間，洗面革心的小草爸應該去岳董公司上班，但我卻聽見道士的咒曲。

我擠上前院窗台，看葉眞人執香向神壇祝禱，誠摯請求保佑葉家香火不輟。也請保佑人間、地府，終得無鬼。

我想起葉蓁說過，葉家的天命是殺鬼。他視小草爲寶貝，不會加害骨肉，然而這番祝禱，卻讓我竄出另一個假設。

「除鬼」，乍聽之下，會以爲是大道士或大神明賜給的能力，可就像世間最擅長殺人的物種是人類，賦予葉家興盛和異能的「守護神」，會不會也是陰魂的同類？

葉家是老宗族，那位來自陰間的神祇，也一定很古老、很強大。

那麼，傳承葉家血脈，受天命所「庇佑」的小草，是不是一直都在對方的掌控之中？

我眞的不想去揣測，葉家素心打從心底喜歡我家今夕，要是小草就是……我不敢想像後果。

我還記得小草陷在回憶中的溫柔笑臉，他說自己尋尋覓覓那麼多年，終於找到了他。

——找到您了，鬼王陛下。

冷不防，一隻手搭上我的肩膀，我嚇得一蹦，差點散了老魂魄。

「之萍姊。」小草輕輕叫喚。

我回頭——我爺生前說過千百萬次，鬼叫不能轉頭，但我還是一時不察，讓對方輕易滅卻我與陰鬼的隔閡。

小草陰柔地笑著，胸前的鈴鐺叮鈴作響。

「是你跟葉蓁約好要提早回家，對吧？他發現你的馬腳了，對吧？」

小草搖搖頭：「沒有，只是想到也是時候殺了他了。」

我全身冷得發毛，但還是努力地虛與委蛇。

「大人，算了吧，現在知情者不只有他了。放下屠刀，我不跟你計較。」

他笑笑地勾了下頭髮，露出漂亮的耳尖。

「如今最該去死的人，就是妳。」

在今天這個我完全沒預料會碰上危險的日子，不知不覺一隻腳已經踩在鬼門關上；紅顏薄命啊！

「等等，我忙了一整天，就爲了確認一件事——」我深呼吸，凜凜地對上他那雙幽沉如無底湖水的眼。「你是十殿嗎？」

小草清秀的臉上揚起了嘴角。賓果，我終於搜集到第十位鬼界大爺，以生命安全爲代價。

他伸手，明明是修剪過的圓弧指尖，卻能劃破我的衣襟，直探入裡。我一連叫了好幾次

「阿心」，他都沒有反應。

「這不應該是四十歲的身體，白仙永恆的歲月連結到妳的生命，要是能掌控妳，就等於握著主掌世間兩名王者的命脈。」

他按著我的胸口，想攫取我的心，手心卻反倒被小七施咒的白光燙得焦黑。他收了手，神情不免遺憾。

「既然拿不到，還是毀了得好。」

我跟他還說不到幾句話，他就放話要殺我兩次，實在太偏激了。

他拉住我的髮尾，往前一扯；我刺痛地擰眉，他爲此樂得很。

「我一直想知道他到底看上妳什麼？連王位都可以拋下，久久流連於人世。」

「你可以多看幾眼，我大方贈送給你。」我沒什麼把握能脫身，只是時間拖久了就是我的。「像他那種層次的男人，外表已經沒辦法滿足他了，必須獻上更溫熱的部分，讓他品嚐過後上了癮，留戀而無法自拔。」

他凌厲地瞪視著我。他們這些大鬼，都不清楚對他的恨已經混上許多不知名的感情，任何一個奪權稱王，都不會還給阿夕最想要的東西。

「很嫉妒吧？他捨棄你們，愛上了我這個賤魂。」我不知道這麼說的時候，爲什麼會有想掉淚的感覺。

電光火石間，黑機車從門口掃進院子，我一時誤認是阿夕，而琳琳的男朋友也有部相似款的一二五。

杜晚冬扔下安全帽，血紅的雙瞳凝視著小草。

「終於逮到你了。」

「葉素心」嗤笑，手中握有林家大嬸人質一枚。

「你儘管去陛下面前揭穿誰是告密者啊！這傢伙以前仗著與陛下親近，給大家下絆子，你難道不想看他被陛下拋棄的樣子？」小草指著自己的臉。他當初選擇附身對象時，本就懷有濃烈的惡意，「陛下呀，向來最痛恨別人背叛他了。」

「別受他愚弄！」杜同學喝阻我掙扎。我明白，可是沒法不生氣。

要是小草知道自己在不知情的情況下出賣了阿夕的所有，以林今夕爲生活重心的他八成會想不開。

「眼下我握著雙份的力量，二打一，你有勝算嗎？」

「有，我知道你從人類當中找了一個執念深重的女子當寄主，我們已經捉到那個女人了。」杜同學說完，我腦中隨即浮現某個短髮俏麗的人影。

琳琳從後方撲住小草，手腳緊緊地縛住他；我趕緊滾得遠遠的，杜晚冬則從腰帶抽出短刃。

「心綺，妳不要這樣子，拜託妳快醒醒！」

小草的臉浮現青筋，喉嚨響起女子的尖銳叫聲。

「大神，祢答應我的，我把自己奉獻給祢，祢要把林今夕給我！林今夕是我的！」

短刃刺入鈴鐺，連帶劃開小草胸前的皮肉，黑氣從傷口滋滋冒出。

琳琳全力按壓著小草，小草猙獰的顏面死命扭動，怨毒地瞪視著我。

「還有，我一定要他身邊的那個女人，不得好死！」

過了許久，小草才像斷線的人偶，在琳琳懷中昏睡過去。

葉眞人戰戰兢兢地站在門口，看杜同學抓起小草的一隻臂膀就要帶走，急得衝過來把小草拉扯到身邊，顫抖地拿出驅鬼的符。

我也跪下來跟著求情。他收起短刀，略略瞥向失魂落魄的琳琳。

「養大鬼子已經很蠢了，還妄想把人留著一世，人世終究不是我們的歸屬。」

杜同學牽起機車跨上，揚長而去。琳琳站在原地，沉重地闔著眼。我看葉蓁抱著小草滑跪下來，不停地說著他已經找到工作了，父子倆從今以後就一起生活吧？

我看得難過，更多是物傷其類的痛楚。

現在除了回家，我哪裡都不想去。

家裡黑漆漆的，沒有半個人，神壇卻有點燃的香火。我往後院走去，只見小七正和那株茂密的老茄苳樹有一句沒一句地聊著天，氣氛和平非常。

「兔兔。」

「大姊，妳回來啦。」

這次我沒有忍住脾氣，對小兒子抱怨大兒子連日未歸，還綁走小熊，企圖無聊死老母。

「大哥和熊仔明明在房間睡覺，妳是腦袋壞掉喔？」

我聽了，立即轉身奔進屋內。

剛才被鬼遮眼，竟然沒有檢查阿夕的房間。我打開燈，聽見他含糊呻吟，似乎在抗議哪個白目擾他清夢。

「夕夕，你應該沒有臭掉吧？」

「等一下再洗……」他側身抱緊熊寶貝，恍惚說著幼年耍賴的話。

我放輕腳步走過去，低身湊近他的耳畔，細聲呢喃。

「阿夕，媽媽愛你。」

他鐵灰色的眸子睜了半邊，似乎一口氣清醒大半。

「來，給媽媽親一口。」我低眸吻了吻他的額際，「那媽媽去玩兔子了。」

「不要把我納入妳的娛樂裡！」小七跟在我屁股後也進了阿夕房間，「吼，今夕哥，你一不在，這女人就起癲，我差點沒被她榨乾！」

「小七，過來讓大哥看你被榨乾到什麼地步。」

小七聞言，靠過去，冷不防被阿夕兩手一挾，整隻抓過去當抱枕。

兔子驚呆了，但是大哥難得跟他討抱，他牙一咬，也就概括承受。

「媽，妳繼續。」阿夕挾持著家中兩隻最可愛的小動物，迫使我留在他床邊。

「夕夕，最愛你了，愛死你了。」

「媽，我也愛妳。」

小七夾在我們之間，被逼得似乎該說些什麼來明志，卻還是臉皮太薄，功虧一簣。

「我也……我早就看穿了，你們母子倆都是變態！」

□

週日，我冒著被董事長狙殺的危險，約前總經理出來吃飯。

他老人家看起來瘦了些，頭髮花白，不過精神很好，好像隨時都能再打拚造出一個新帝國。

「這是我的總經理辭呈；相對地，把你偷偷過戶走的阿夕監護權還給我。」

杜娟特別找我商談案子後續的重點，就是大兒子竟然在我一無所知的情況下，被乾坤大挪移到生父名下，我今天差一點點就帶西瓜刀來赴約。

「好。」老大答應得很乾脆，「小萍，如果我離婚，妳會考慮和我生活嗎？」

這是我這輩子最毫無防備的一朵桃花，總覺得背後有槍口對準我。

「開玩笑的，我只想這輩子能聽見今夕光明正大叫我一聲父親，不過應該永遠不可能了。」老大自嘲地笑了聲，瞬間衰老到八十歲。

明知道他自作自受，卻還是忍不住憐憫他。

「小萍，其實我一直很羨慕妳的人生。我對妳好，不單單只是爲了今夕，也想看著妳這樣的人盡情生活的樣子。」

「謝謝。」我眞心誠意地感激他這些年來施予的援手。

「小萍，妳眞的捨得嗎？」

當前總經理追問這句話時，我就知道他永遠都不可能明白我的抉擇。

「比起我捨不得的寶物，當然捨得。」

□

星期一，林阿萍總經理掛牌的最後一天，在茶水間碰上美麗的陳妹妹。

「之萍姊，這個可以請妳幫我交給王祕書嗎？」

陳妹妹遞過一個包裝典雅的方盒，她說這是她在百貨公司挑選的領帶，很適合老王，充滿菁英氣息。

我頭頂那個問號瞬間改成驚嘆號，陳妹妹還睜大眼對我笑笑，好一個美人胚子，而且腦袋又聰明又正常；我背後冷汗直流。

「啊，之萍姊，不是的，我對王祕書沒有那個意思！」

唉呀，她連否絕的小動作都好可愛，林之萍輸到脫褲。

「胖子，茱萸妹子給你的。」我回到辦公室，縮手縮腳，把名牌領帶小心翼翼地放在包大人桌上，不敢說半句蠢話。

老王瞥來一眼，冷淡地問：「爲何？」

我等思緒平穩，以最淡然的態度說明——

「拋家棄子呀，你這隻山豬王，我看錯你了！」唔唔，沒辦法，果然還是會吃味。

「神經病。」王胖子簡潔有力地評斷了林之萍的一生。

我起身，不住地繞著他轉圈。我太大看自己了，只要和胖子相處久了，就會明白他是世上不可多得的好男人，以前酒家那些逢場作戲的不算數；陳妹妹左看右看，都會是個賢內助，而他向來最注重的工作，她也表現優異。

「林之萍，坐好！」

想通之後，我表現得特乖，像個掛名主管般地好好幹活。

「禮物妳替我收著，以後記得帶妳的領帶過來。」

我聽著，搔搔鼻子又摳著老臉，愈發覺得自己不値得他這麼對待。

「妳怕什麼？不是還有好幾個結婚鑽戒等著妳？」老王趁機數落一番，就像八點檔演的，三心二意的渾球到頭來都是被拋棄的笨蛋。

「憑良心說，我覺得茱萸挺不錯的。」

「正常人都這麼認為。」老王說；難得看我驚慌失措，加倍欺負我，「不過，人一生有一個紅顏知己就夠麻煩了。」

胖子，古人是這麼說的嗎？

「林之萍，妳就是個單腳踩在塵世的大禍水。」

畫皮

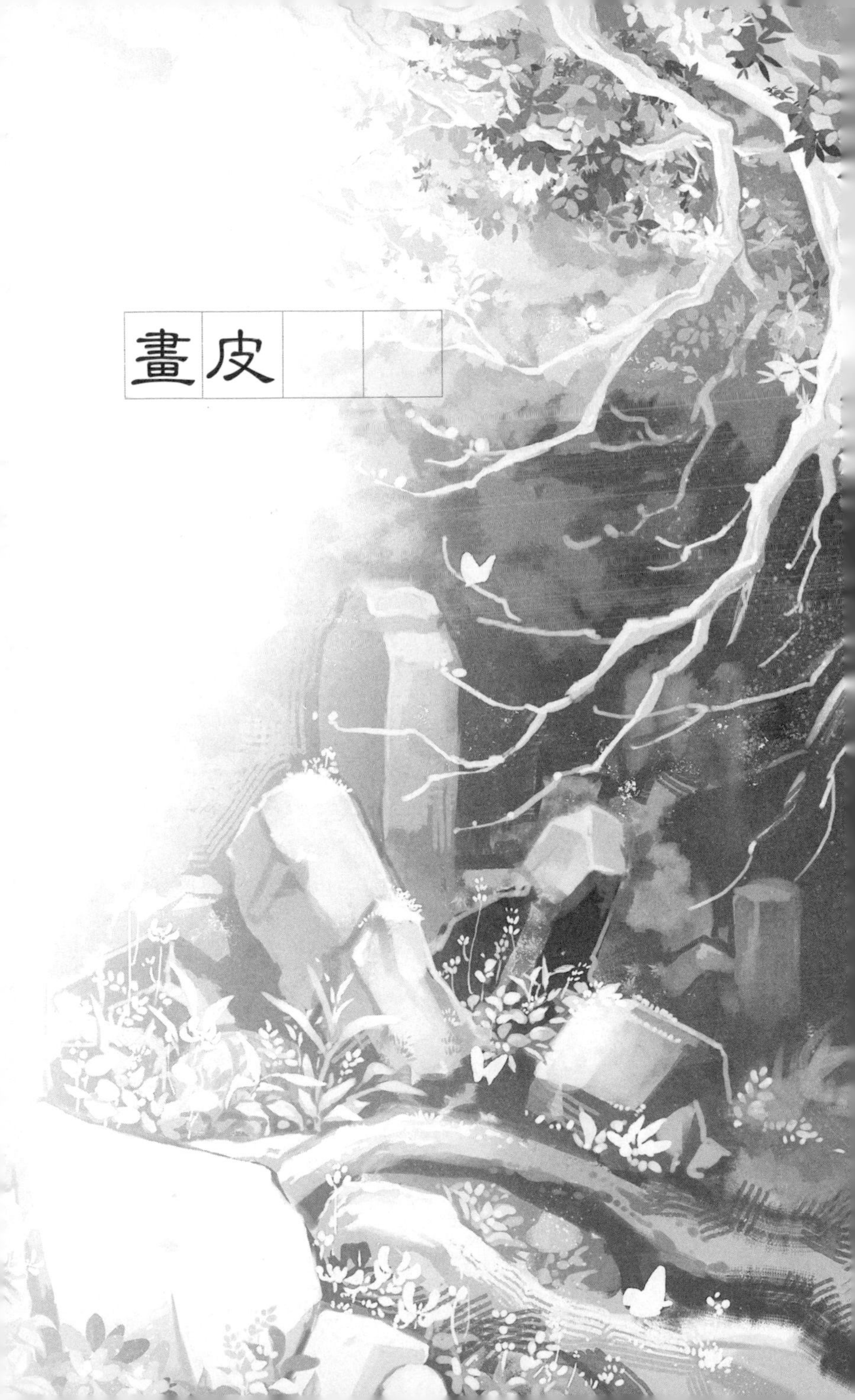

小七扛著畫具，我拎著一袋生鮮，一起邁出美好週末的家門。兔子和糖果約好要去郊外寫生，而我則應邀參加單身男子午餐派對，調劑一下被工作壓榨的身心。當然，一切都瞞著今夕大魔王。

我穿著兔子圍裙盛裝出席，在蔡董家門口輕巧地按下門鈴，叮咚！蔡董也是一身雙胞兔圍裙，我們相視而笑。

「妳換髮型了。」

「蔡董眞有眼光！」我一直綁著長馬尾，他還看得出來，不愧是不停質問公司預算收益的龜毛董事。

他領我走向寬闊的大廳，我開心地哼著歌，幾個爛廚子聚在一塊，不用擔心被嫌棄手藝差勁，要死一起死的感覺眞好！

不過，我的歡樂心情竟遇上前所未有的挑戰——不意看見王胖子和龐草包對桌而坐。

「爲何陰我？」我抬手掩唇，嬌笑柔聲地問著蔡董事。

「約錯時間。」蔡董事抱歉一笑，把我往前推去，榮幸地介紹給在座男士。

請容我分析蔡成嘉先生的內心劇場：呵呵，之萍助理終於在我的房東壓力下來了，但是世傑和王祕書該叫誰才不會鬧僵呢？可是，不管漏了哪個都會得罪對方，那麼還是一起約好了，反正煩惱的是林之萍而不是我。

「大家好，我是兔子老母。」簡單地自我介紹，雖然所有人我都認識。

老王的眼神已經把我鄙夷到南極去了；蘇老師忙著用水果刀剔魚鱗，抽空朝我微笑；岳董事依然是酒色無度的樣子，懨懨躺著，一個人佔了整張沙發；葉眞人在幫他的鄰居哥哥兼上司搥腿；最後是眼光閃閃，吃著泡麵的龐世傑。

「看看妳來了以後，氣氛完全不一樣了。」

「蔡董，那是肅殺之氣吧？」

沒想到眾男之中，率先回應我的是最不想理會的岳大董事。

「妳來得正好，上次被妳打哈哈過去；到底接不接受我的要求？」

「岳董，不好吧？您一定要我在眾目睽睽下給你打槍嗎？」之前是爲了鞏固大位，現在退下來了，還怕他個毛？

他嗤了聲，示意我不識好歹，然後在口袋裡掏了掏，把婚戒扔給葉眞人，叫他拿去銀樓退貨。

老王和龐世傑同時起身，我忍不住倒退一步。

「之萍，東西會不會重？我幫妳拿。」龐世傑搖著尾巴過來，臉上還沾了塊海鮮泡麵的小魚板。我忍了又忍，最後還是動手把那塊魚板拿下來。

老王略過我，逕自去了廁所。

「哈，格格不入的傢伙終於走了。」龐世傑看胖子走遠，才擺起架子。

「阿偉學長哪裡格格不入？」蘇老師的水果刀刺穿魚腹。龐世傑環視眾人，見沒人和他一起起鬨，有些沒了底氣。

「就他長得不怎麼樣……」

「在座同仁也只有你腦袋不怎麼樣啊，得饒人處且饒人。」

「之萍，妳又在說笑了。我多聰明啊，知道你們要煮飯，特地帶了泡麵過來。」龐世傑傻笑地朝我獻寶。蔡董事在一旁嘆息。

蔡董諄諄教誨：「世傑，我說過了，今天你無論如何都得品嚐大伙的手藝，不然就請你一個人去樓上看電視。」

龐世傑立刻乖得跟小媳婦一樣，害我有點崇拜陷害我的蔡董事。

我今天帶的是蔬菜、水果，要用生機飲食殺出一條血路，但光是洗菜就要了我的命，到底是要一片一片葉子搓揉，還是把沙拉脫倒下去？

另一方面，蘇老師終於折騰完那條可憐魚兒，單手拎著魚尾，一拐一拐地走來廚房。想到今天的主廚是我們兩人，大伙兒就等著吃腸胃藥吧！

蔡董事兩手負在身後，一副五星級大廚的派頭，詢問蘇老師內臟有沒有記得挖出來；蘇老師專業地回說全搗爛了，蔡董事說很好。

人下有人，我認爲今天能吃的食物，說不定只有林家牧場的水煮沙拉。

蘇老師打開電熱爐，等平底鍋熱得冒煙，再倒下半瓶橄欖油，然後整隻魚懸空扔進去，鍋子和魚一起炸開。

「哇啊啊！」我被炸魚嚇到，而蘇老師則是被我的尖叫嚇到；他身形一個不穩，失足栽在我懷裡。

等我們兩個緩過氣，發現沒人關心炸得亂跳，像是詐屍的吳郭魚，都在看我們意外導致的親密接觸。

蘇老師趕緊退開，鄭重道歉。我本來還想調侃他幾句，但是老王剛好噓噓出來，對我這個吃他學弟豆腐的老妖婆鄙夷到極點。這下子，我的地位又從南極落到北極融冰去；再見了，小企鵝。

「岳辰，過來救援。」蔡董事非常順口地指使公司的另一大股東。只見岳董事起身整整西裝，帶著雄霸金融界的氣勢開口——

「葉蓁，去煮點好吃的給我，最好是下酒菜！」

「哦！」葉眞人像小媳婦般地套好圍裙，小跑步過來。

蘇老師黯淡地捧著一尾焦魚到飯桌去，葉眞人接捧，從冰箱裡拿了冷凍雞塊，物盡其用地利用鍋中滿滿的油，還開了另一口爐子，跟我要些蔥末來煎蛋。

蔡董事和我同時鬆了口氣，好在還有個會弄飯的漢子。

我看葉真人在旁邊悶頭地忙進忙出，使眼色想跟他搭話問小草的事，但他都當作沒看見。

那天以後，小草就沒到學校去了，我只打通過一次電話。

小草說，他完全不記得那天下午自己做了什麼，醒來時看見父親坐在床頭垂淚，把他的手握得死緊。明明人間只是夢一場，還夢得很不舒暢，他卻無法不當真。

「之萍姊，不知道為什麼，我覺得自己已經不能再回到陛下身邊。」

小草的口氣透著一股絕望，但那瞬間我閃過的念頭不是安慰這可憐的孩子，而是葉真人搶贏了。

就在我回想時，葉真人冷不防地摸上我可愛柔弱的臉；看我瞪大眼，他訥訥地縮回手。

「沒事，只是好像有法印什麼的，像是鎮魂的咒……」

這是從某個甜美的小男生處得到的禮物，那名習慣嬌笑的孩子，上輩子和小七熟，能弄出小七感應不到的法術，又能瞞過阿夕的法眼，把七仙澎湃的力量壓下，讓我維持這年紀該有的美貌。

「阿心還好嗎？」

「他是我兒子，我自會照顧他！」葉眞人像是好不容易才找到過冬南瓜籽的小松鼠，惶恐地對我這個弱女子露出威嚇門牙。但是，不但不可怕，還令喜歡小動物的我心腸軟下。

「他也是我的乾兒子，有什麼困難，都可以來找我。」

葉眞人沉默了一會兒，我推推他的腰催促他，他才坦誠小草幾乎要枯乾了。

「整天躺在床上，飯也不吃，大概想以死明志。」

小草的身分尷尬，死了就不再是哥兒們之間的問題，而是一口氣進階成陰曹的國家大事；一定要想辦法在他想不開之前，把關係修復回來。

「你回去洗乾淨油煙味，到床上抱住他，問他是不是要把爸爸丟下來。承認就哭給他看，否認就把他抱得更緊。」

「有用嗎？」葉眞人用小鹿般的眼神凝視著我。

雖然，我估算以親情取勝只有三成把握，但還是在他面前信誓旦旦地保證，直說要是對象換作阿夕和我，我家大兒子絕對捨不得掙脫媽咪的懷抱。

葉眞人抹乾手，向前環抱住我。

「萍仙子，謝謝妳。」

我腦子有些發暈，滿足於施與關懷的角色定位，哪像在家中總被嫌棄成對小男生懷有異心的變態大嬸。

突然，覺得背後刺刺的，原來是老王數落蘇老師的焦魚之際，分神來偷看我，正好撞見葉眞人抱抱那幕，一副叫我去死的樣子。我在他心中，再次由北極融冰直墜入熔漿地心，再糟也不過如此。

好不容易，佳餚上桌，今天沒有兔肉呀各位客倌，眞抱歉。我捧著飯碗，往胖子那邊擠，他卻把想起身讓位的小品學弟，緊緊抓在身旁，叫我一個人去坐兒童板凳。

好死不死，龐世傑抱著另一張小板凳過來，開開心心地往我身邊湊，還不停地叫我挾菜給他。餐桌不打笑臉人，我也眞的挾了焦脆的魚尾巴給他。

「之萍，妳眞好。」龐世傑冷不防地啵了我的右頰，笑臉盈盈。老王的整張胖臉黑成八爺。

我正陷入跳太平洋來洗清眞愛的困境時，外頭傳來淅瀝雨聲，於是赫然想起在外寫生的小兒子。

「抱歉，一家之母，我得去接小孩，蔡董，謝謝招待！」

我道歉得很隨便，兩三步衝到玄關，鞋子穿一穿，撐傘就往外跑。

我聽見後頭蔡董事的聲音：「世傑，還不快追？」他果然還是龐二世那派的人馬。

我快走幾步，才想到自己犯蠢，應該請老王來載我，而且小七是何許兔子？蹦跳兩步就可以直接回牧場。

綠色金龜車從後頭鳴叫兩聲，龐世傑在駕駛座上笑得燦爛，他閒到發慌，又不想待在蔡家以身試毒，懇請我讓他幫這個小忙。

「之萍，我也要去接小七！」

過去，他始終沒記牢過阿夕的名字，現在終於記得那麼重要的東西了。

車子停在大馬路邊，旁邊還有台黑色轎車作陪；我撐傘走上林間小路。

小糖果家裡早來了我見到的專車，不是唐二，所以司機沒有小二哥的能耐，可以逼糖果離開兔子。她看天色不好，對小七義氣相挺，同進同出，也就是在媽媽大哥來接小七之前，小倆口都可以在涼亭裡坐著聽雨聲。

我把糖果抱起來，感謝她陪伴我家兔子。

「九姝，妳二哥呢？」我心頭爲那抹孤高的身影隱隱感到不安。

她不給我細問的機會，跳開我的懷抱，完美無缺地笑了笑。我認識她那麼久，現在才覺得她有點「神」的味道。

小糖果撐開傘，扛著畫板往下方的轎車走去。我看她往前歡樂地跳了兩步，又唯美地回了頭。

「林明朝，你不像我，你不用去扛我們的原罪，你還可以選擇。」

小七看著她，明白她的心意，但做不出任何回應。

「你看，下雨了，你媽媽特地來接你，是你一直以來記掛的母親喔！」小仙女款款地笑了笑。

他望著她的背影遠去，不是不捨得，卻沒說出挽留的話，因爲他就是隻矜持的笨兔子。

「小七吶。」

我一喚，白仙兔立刻回頭，反應之迅速，讓我稍稍訝異了下，那麼快把小女朋友拋在腦後，好嗎？

「大姊，我沒想到妳竟然會來，現在還想不到該怎麼唸妳。」

「愛兔，說什麼傻話？媽媽是拿來撒嬌，不是拿來囉嗦的，我們走吧！」

想來我一直很關注這孩子，他些些改變，我都能第一時間發現；在我把手伸出去之前，他就牽住我的右手指。

或許只有一把傘的關係，他和我湊得很近。明明是值得大笑的進步，我的心情卻像是得了小草的葉眞人，不由得有些忐忑，同時也想啾兔兔的臉頰。

他見到了龐世傑，雙眼微睜，那是兔子有些不知所措的反應。

不過，龐世傑比他還緊張，失口叫他「小八好」。

「白兔。」他對小七僵硬地一笑，收回前話。我深深懷疑他以為這是小七的本名。「你喜歡畫畫嗎？我家以前請過美術家教，老師說我畫得不錯。」

「怎麼沒聽你說過？」我一邊回話，一邊用兔子圍裙擦乾小七微濕的頭毛。

龐世傑握緊方向盤，「我爸後來跟那個美術老師好上……」

我明白了。小七抬頭「嗯」了聲，慢一拍才聽懂龐世傑的意思。

「這是興趣。」兔子回到原話，他今天似乎特別呆。

順道一提，我家小七的正職是救苦救難大仙兔，我爺說妖獸修行不易，能從小動物修煉成大神，真是太不簡單了。

小七零掙扎地讓我揉毛，揉著揉著，就安靜地趴在我的腿上睡去。看著他的睡顏，我願意拋開所有塵囂粒子，只守在他身邊。

「之萍，他好可愛。」這我同意，龐世傑露出少年般的青澀笑容，「這是我們的孩子呢！」

蔡董事有意無意地說起之前龐世傑頹喪了好一陣子。他被總經理毫不留情地捨棄，自己也拋下了唯一的親生子，忍不住對命運絕望。

那時候八卦正熱，我一家老小被媒體追殺；蔡董事叫龐世傑挺身面對公司的風波，因為唯有如此，才能保住我和小七。他也真的把眼淚和酒瓶放在一邊，扛起少董的責任。

說那麼多，蔡董的旨意簡而言之，就是龐世傑如今青春已逝，也或許保不住地位，非常需要有個女人來照顧他終老。

關我……那個「屁」字還沒出現，蔡成嘉就一口咬定，我已經原諒龐世傑了。

「阿傑，你應該沒得什麼絕症吧？」

「什麼？我很健康啊！」

很好，這樣我就能堅守陣地，不像連續劇女主角因爲前夫癌症末期而翻盤。

「看著他和妳，我好像眞有了一個家。」他低聲傾訴，而我則叫他好好看路。

我不能被溫馨的氛圍騙去，同一句話十多年前就聽過，老把戲了。

當時作爲「孩子」一角的小夕，和現在阿夕最大的不同，在於我問他要不要新爸爸，他眼底流露出無聲的渴望。想來，總經理那個大騙子，隔著電話給過去的小夕建立了一個美好的父親形象，卻沒讓它成眞過。

我希望他開心，能在健全的家庭中長大，拚命地催促龐大少爺快快跟我在一起。

不知不覺，我對龐世傑的感情變成一種執著，所以被拋下那刻——明知無力挽回——一向懶得強求的我，才會那麼看不開。

他遲了十多年才開口：「之萍，我們復合吧？」

我們回到家，目送龐二世垂頭喪氣地遠去。兔子即使剛睡醒，也察覺到老母和他生父發生了一點不愉快。

小七放下背包和畫板，恍神地站著。我到浴室拿可以捂兔子的大浴巾，回頭發現他跟到浴室門口，我忍不住探問：「小七，不舒服嗎？」

他慌亂地看著我，我覺得不對勁，貼近檢查他的毛。他退開一步，我貼過一步半，仔細嗅嗅還帶著山林芬芳的軟髮，感覺非常可口。

「大姊，我不知道怎麼了，和九姝一起等著，看到妳撐傘從坡下走來，竟漸漸變得無法思考……」他有些無助地說著，傾身抱住了我，「偷偷想妳就算了，卻愈來愈不想跟妳分開……」

「媽媽也最喜歡小七兔了，沒有關係。」我輕拍他的背脊，想緩和他的顫抖。

發現自己有壓抑不住的感情，讓這孩子非常害怕，好像犯了滔天大罪；可憐得讓我心痛。

「是不是直接抱媽媽覺得害羞，怕別人來碎嘴？」

小七嗚咽著點頭。

「那就把自己變成毛茸茸的兔子吧？麻糬也行。」

「嗯……開什麼玩笑！」討厭，兔子清醒了。

小七推開我，扶著沙發椅背，拿頭用力地撞三下，想除去這種中邪般的依戀。

「鄭王爺在旁邊，我又不會把你吃掉。」我嚥了嚥口水。

「但妳會偷咬好幾口。」小七豎起毛瞪我。沒辦法，美食當前，君子不敵，何況我是小人。

今夕回來了，看見親愛的母弟兩人，那麼早就回到家裡吵架，微挑起眉。小熊沒想太多，直接往兔子哥哥撲過去。

他看家中老小兔子都沒什麼精神，判斷是血糖不足的緣故，便比平常早一些時候洗手做羹湯。

經歷過單身男子午餐派對，才知道家裡廚娘有多不容易。我湊到瓦斯爐旁賣乖討好，連珠炮地吹捧大帥哥夕夕。

比起小七近來被養得白裡透紅，幾乎可以擺上桌祭天，阿夕的臉色一直都不太好，帶著病態的蒼白，可是學校事務繁忙，他怎麼也不肯多休息，要用行動回應同學對他的支持。

我應該關心他，卻脫口而出一點也不爲他著想的話。

「阿夕，你手藝是向他學的嗎？」

我在鬼判小套房裡，從銅鏡看見了與陰間氣氛不搭嘎的影像，感覺還很青澀的判官大人，小心翼翼地捧著燉好的鮮湯，來到塡滿他房間的巨大黑影面前。

涵。

雖然鏡子很快被陸判打爛，但在人世歷練四十年的我，兩三下就看清畫面無聲的意

他想讓鬼王陛下明白什麼是活著，告訴祂這就是身爲人才品嚐得到的幸福。

今夕用小勺試了湯汁鹹淡，神情不變。

「那是他對我曲子的回禮。」阿夕低聲地說。我專注地聽著，連呼吸都嫌太吵。「他利用職務之便，收集大江南北的菜單，每網羅到新的佳餚，就趕緊做出成品，即使當時的我吃不出味道，他還是努力想傳達給我人類的好。」

覺得他傻，又忍不住看著他認眞的模樣，這樣的善魂卻是那般命途，心頭的某塊軟處不免爲他憐惜。

我開口又闔，很想勸阿夕，既然如此，那就原諒他吧，讓他能長久留在幽冥的國度，一點一點地去點亮地下世界的黑暗。

今夕垂眼再睜，是陰鬱的血紅色。

「我說殺他就是徹底讓他灰飛煙滅，別以爲妳能扭轉乾坤。」

「灰飛煙滅」這四個字衝昏了我的腦子，那麼溫柔的靈魂得到的竟是如此殘忍的對待；他要我忍著，不當一回事，但我實在忍受不了。

「你現在還拿不下林今夕的所有意識，不就是因爲感到痛苦？堂堂鬼王陛下，連想要

在自己地盤上保住一隻偏愛的孤魂也做不到，你這算什麼王者！」

「妳說什麼？」阿夕的表情好嚇人，但我不能退縮。

「你只適合學生時代的扮家家，你根本不適合當王；皇帝當成昏君，至少還有美人享樂，看看你把自己搞成什麼德性？」

要說林今夕最適合的位置，莫過於被林之萍寵壞的寶貝大兒子，任其揮灑多采多姿的青春，不管他做什麼，我看著都喜歡，尤其是盡情唱歌的時候，最是風采奪目。

這般公然地反駁他之後，阿夕大概在我面前凶了三秒，看到我眼底泛出眞實的水光，什麼脾氣都軟了下來。

「媽，別說了。」

「沒辦法，媽媽的舌頭有自主意識，勉強才克制住三成。」

「妳要是變得像他一樣想左右我的決斷，那就不要恨我。」

我不怕死，何況還能死在他手上，只怕他難過。

他本來想跟我耗，但湯滾了，不得已分神回頭關小火，把他撐起來的威勢打掉大半；那身年輕俊逸的骨子底，根本是個家庭主婦。

等我們再成冷戰隊形，他眼中的暴躁已經冷卻下來，灰灰冷冷的，我更怕他這樣，好像想跟林之萍劃清界線一樣。

「喏。」我張開雙臂，「給抱嗎？寶貝。」

「妳把我當小七嗎？」阿夕有點不屑。

「是啊，都愛得半死。」

他不甘不願地攬著我的肩膀，低身把臉埋在我的頸畔。他小時候臥病在床，每當我要出門上班，也是這樣，捨不得與我分開。

他曾經是我人生全部的意義，跟他賭這一把，我不知道到時還能否抽回半條命？

「媽，能不能請妳把素心勸回來？」

「阿夕，我可以插手嗎？」我倍感意外。

「妳私下早就一堆小動作，別以為我不知道。」

是沒錯，但得了大王的恩准還是不一樣，以前他可是抵死不讓我管事。

「本以為他只不過是無謂的陪襯，但少了他那把吉他，格致就跑音，連帶亂了古意的節拍，叫他快點滾回來。」

眞是患難見兄弟，做得好，我的私密簡訊沒有白發，回頭告訴他們，娘娘欣慰非常。

我單手扠腰，在阿夕身邊轉圈跳舞，被他嫌棄妨害家務。

「他該慶幸我差的王牌可以以一擋百，不把這點損失看在眼裡。」

阿夕露出十足勾人的笑。我收起開散的小花，不由得看向正在客廳陪小熊看圖畫書的小兔兒。

小七之所以能成爲得天道的白仙大人，大半歸功於他那顆死腦筋，他認爲自己應該站上寒冷的高處，才能澤被蒼生，成神並非他的目的，而是責任，沒有止歇的一天。這樣一個傻子，要他學會墮落，眞是比登天還難。

但他一得知我落入黃泉，什麼大道都拋在一旁，奮不顧身地跳進地獄。失去所有情感寄託的他，被命運所弄，終至深愛上我，而我這個老母卻是三心二意，大半心頭肉被掐在大魔王手上。

我過去錯置了大小兒子的順序，本來以爲是喜新忘舊，小男生勝過大帥哥，因緣際會才發現，我對不起的是七仙。然而諷刺的是，就因爲負愧，我不敢再放肆疼愛他，反而被今夕的事佔滿腦袋。

要是有天小七的愛超過我對他的感情，而我又像那個該死不好好去死、還從地獄逃脫的惡鬼廟公，披著母親的皮囊爲所欲爲，碎光他的心，沒有心的神子又會變得如何？

阿夕語帶諷刺地說，他眞高興我意識到自己站在冰錐上，隨便一個失衡，就會連累世界一起滅亡。

我戰戰兢兢地端著熱湯上桌，不敢再翩然起舞。

□

午餐聚會後，老王更是經常性地無視我。我不是很懂中年男子的更年期，只能吹口水泡泡逗他笑，不過總是適得其反，被罵得很慘，但我原諒他的內分泌系統。

要不是我剛好幫他拿公事包到樓下，大概得花個三天，才能頓悟胖子施主的煩惱。公事包外袋掉出單身派對的大合照，一群熟男都對著鏡頭擠出僵硬的笑容，唯有他倔強地別過臉。

他身邊太多美男子，小晶晶、蔡董事、龐二世，還有我家絕世大帥哥夕夕，被逼得無法不對外貌自卑。

我還沒巧笑倩兮地爲他開解男人的魅力，他反倒先問我最近是不是撞邪，不然加班怎麼加得這麼乾脆，沒有半點摻水摸魚成分；半夜送我回家，跟他說完再見，人還呆站在大門口，遲遲不開門進屋。

「沒事。」我低下頭嘆息，不敢傾訴日子過得有多煎熬。

早飯時間，小七吃著油膩的煎蛋吐司，不像以前數落媽媽的手藝，而是自告奮勇要掌廚，今夕不在時就由他做飯，這樣我就能多休息一點。他還鼓起勇氣說要接媽媽下班，不僅保護我的安全，也想跟我多說點話。

媽媽其實也好想跟小七玩，可是又好怕碰壞了他。天曉得我扼死多少良心細胞，才能對他笑著說，不用了。

我出門不再牽他的手，久了，他也學會站遠一些，不會像哥哥耍脾氣。我天眞地以爲他會習慣距離。直到有天夜半躡手躡腳回家，他房門意外地開出縫來又趕緊閉上。我過去敲他的門，跟他說了幾句不著邊際的晚安招呼，順道請還在發育的他不用再爲媽媽等門。

他幾乎嚇壞地回說，他沒有在等我，眞的沒有。

那一瞬間，我只想，伯姑小叔爸媽會從地獄爬出來，掐死得了便宜還當免費的林阿萍。

在他終於安心收下我的心之後，我卻厚顏無恥地拿回來，裝作沒這回事。該被雷劈的從來都是我，但是他腦袋不好，以爲這一年來是他誤解了什麼，對我非常抱歉。

蘇老師以爲小七沮喪的原因是在九姝妹子上頭，小糖果請了長假，小七少了班級活動的主要伙伴。再用更深一層知情者的角度解釋，小糖果代表的天上出了事，小七卻爲了我撇下她，沒辦法不自責。

蘇老師不知道，小七全梭在我身上之後，眼下已經輸個大半。就算他知情，想把心愛的兔兒攬回身邊護著，我這個壞女人也有把柄能教他愛莫能助，眼睜睜地在神壇看著小七傷心。

林家牧場再也不是放養兔子的風水寶地，與其害小七縮在角落抖毛，還不如歇業，把他放生出去。

嗚嗚，可是我好捨不得我家兔兔！

□

「老王，別說我了，說說你吧，減肥還順利嗎？不是我在說，山豬瘦身本來就有違自然，枉費你博學強記，眞是讀書讀到斷背去。」

「妳不要含著淚泡說蠢話，也不想想我吃一個多月的營養餐是爲了誰！」

「唉喲，交小女朋友了啦……嚇，好像是爲了我吼！」我捂著嘴，大驚失色，老王已經連白眼都懶得給我。

「妳今天也忘了領帶。」

「胖子，現在的我，已經比太空垃圾都還不如，還有辦法降級嗎？」我把臉埋進臂彎這個臨時垃圾場。

「明天要記得。」

「就這樣？」我怯怯地抬起天見猶憐的兔子眼。

「不然呢？」他嚴以律己，但對我的過失總是輕輕放下，「今天就到這裡，回去吧！」

「不不，我最喜歡加班了，讓我加班啊啊啊！」我被他抓著往外走，押著上車，還一直往我的新家開過去。

一路上，我試圖脫逃，但不敵他的電子門鎖，只能冀望下車後，我的百米能跑贏中年胖子。

「家裡有個任妳宰割的小男生，這不是妳長年的變態夢想嗎？」

「胖子，我就是幸福得太害怕了，你不懂！」

「妳不趁機會玩個夠本，更待何時！」

「啊啊，王祕書被林特助洗腦成功啦！」我還在死前掙扎地扳著車門把，不知不覺，美麗的小家園已近在咫尺。

「之萍，這不像妳。」

廢話，自從接連辜負老王無數次真心之後，我哪敢再厚臉皮找他訴苦？他對林家的家庭生活資訊有斷層也是應該的。要知道，一個喜愛小男生的壞女人突然轉性成良家婦女，內心必定遭受極大的衝擊。

「志偉，小七是我的孩子，他本來就該是我的寶貝。」

「很好啊。」

我連點兩下頭，陰間總是待我不薄。

「可是，愈想愈不知道怎麼對他最好，我這種半調子的母親，只會連累他……」

「笨蛋。」老王摸摸我的頭，我差點就發出幼犬的低鳴。

他下車，按門鈴進屋，在玄關和被門板擋住的小七說了點話，然後走回車子，把我踢下副駕駛座。

他就這麼開著車走了，我想屋內的小兒子也發現我了，只得硬著頭皮回家。

打開門，我被眼前的景象大大衝擊到人母心靈——小七四肢伏在地板，雙臂在耳邊高舉。

他該不會在模仿兔子？不對啊，他本來就是兔子。

我跟著趴下去，套入兔子老母的皮，咕唧叫了兩聲；要是有第三人在場，一定會想把這麼可愛的我們關進籠子裡養肥。

「大姊，打起精神，今天我、我可以讓妳玩。」他小心匍匐來我身邊。

天啊，老王跟他說了什麼，太邪惡了！

眼看那頭軟毛愈來愈近，我終究情不自禁地過去用臉頰蹭毛，小七的身體也跟著我放鬆下來。

「兔兔，媽媽不跟你玩的原因，等同於你師父師兄的煩惱，很想跟你遊戲，卻怕把你玩壞。」

小七低低應了聲：「沒關係，我都可以……」

他再這樣下去，我眞的會把兔兔生吞活剝啊！

「來，給媽媽抱。」

他默默鑽進我的右臂彎，而且是學小兔子用腦袋蹭出空隙來鑽，因爲手得用來扮長耳朵。

「對不起，嚇到寶貝了。媽媽說過不會扔下小七，就是不會，因爲媽媽最愛你了，最喜歡小七了。」

我想，我眞不是思考國家大事的料，還是靠直覺辦事比較可靠。

「大姊，我也是……」

我和小七會那麼投緣，多少也因爲我們母子倆都是被寵出來的笨蛋吧？

他在我懷裡，一整夜都甜甜笑著，害我的心肝全融化在小寶貝身上。

□

出事以後，歷經種種家庭革命，我和大小兒子的關係終於調回正軌，反正就是全力去愛，愛兔一萬年！

通常，內憂結束，我的砲口就能積極地應付外患。每天向老王示愛，每小時問候他要不要起來噓噓，他終於咬牙問我，怎麼才能不要成天用閃亮的眼神騷擾他。

「胖子，像個男朋友，跟我約會吧！」

他從上午想到下班，才約了三天後的星期五晚上。

那天，老王出差去做總經理小弟，害我不能逗他打發時間。滿心期待地捱到下午放風，去公司廁所換了一身套裝，才到約好的酒吧。

生性嚴謹的王祕書，三天前就訂好位子，小巧的兩人圓桌上，還放著一朵紙摺的紅玫瑰。

雖然，我從頭到尾都站在被愛者的立場，十分囂張，但其實內心一直藏著裸奔的緊張，不斷默念小兔仙子的名號，保佑今夜平安順利。

手機響起，我還沒用最柔媚的嗓音呼喚胖子，老王就說他有事來不了，我頓時就像毛淋濕的兔子，耳邊還響起今夕邪笑的好聽聲音。

唉，沒關係，想我放他那麼多次鴿子，幾乎要穿上國王的新衣，就大方原諒他第一次失約吧。

我趴在小圓桌上發霉了一會兒，直到綁馬尾的服務生女孩輕輕地把我戳醒。

「女士，那邊的客人請妳喝酒。」

我順著女孩漂亮的手指看去，是一個在吧台獨坐的纖瘦男子，穿著白襯衫、西裝褲，領釦未扣，露出修長的頸項。目測大概二十來歲，微鬈的長髮用黑緞帶束在胸前，非常凶惡地瞪了我一眼。

他是想約我還是想討債，我搞不太清楚。

我舉起高腳杯，微笑地向他致意，不喝白不喝。

得了我賞光，他離開吧台，朝我走來。走路的樣子不太協調，像是兩腳被緊身褲束著，走兩步跳一步。他的膚色有些蒼白，兩頰卻泛著潮紅，像是熱過頭的症狀，但今天來了小寒流。

「小姐，一個人嗎！」他吼著，不標準的中文帶著美國腔，嗓子尖細得像女聲。我噗嗤笑了出來。

「我是之萍，林之萍。」我伸出友好的手，他不情願地握了握，指尖異常冰涼。

「David。」為了大中華文化，以下用「大衛」代稱他。

大衛自稱剛從國外回來，沒有相熟的友伴，所以這麼美好的夜晚，他只能來喝酒排遣寂寞。

我剛認識龐世傑的時候，他也是這麼一套說詞，說話還不時夾雜幾個英文單字，後來蔡董事才戳破他在美國都待在華人小圈子的眞相，只有速食店點餐才會跟外國人說話。

老王特別討厭龐世傑吹噓國外生活，他這個墨水喝飽飽的人材要和龐世傑同稱留學生，讓他感到越洋歷練變得不値錢。

「我也剛從外國回來，桃源鄉。」沒胖子太無聊了，請容我胡言八道一番。

大衛著實露出鄙視的目光，原來他聽得懂廢話。

他小心翼翼地坐上我對面的雙人小椅，椅腳發出承載重物的咿呀聲；他冒著冷汗，慢慢坐實屁股，深怕苗條的自己壓壞它。

「這頓飯，我請妳。」

「謝謝啦！」我立刻招來服務生，叫她端上客棧裡的所有好菜。

「我很有錢。」他第一次說我沒聽清楚，第二次就帶著怒氣喊出來，酒吧的人都在看他。

「有錢眞好。」我笑嘻嘻應道。他一副想咬掉自己舌頭的樣子。

「之萍，我想追求妳。」

我瞬間有些恍惚，但不一會兒又儀態滿分地嬌笑起來。

「為什麼？」

「沒有為什麼，從看見妳笑，就喜歡妳。」

他要是能直視我的眼睛表白，而不是用美目瞪著寶藍水杯，就更好了。

「不好意思，我雖然美若天仙，但已經有三個小孩了。」

「沒關係！」他回答得好快，這次就真的咬到舌頭了，「美、美國文化比較開放，妳的孩子就是我的孩子。」

我遞過手巾，看他按著嘴裡的傷口，心裡泛起一絲苦澀。

「怎麼沒關係呢？你和我的小孩要是同時生病，我一定先救小孩。」

「只要妳別生病，能一直充滿精神地跑跳就好。」

「你呀，真是個好男人。」我忍不住衝他一笑，他則是凶巴巴地別過臉。

這時，美麗的侍女端上菜餚，他叫我先吃飽再說，自己則是戰戰兢兢地用小叉子捲細麵，裝作和筷子不熟。

我抽起馬克杯下的小空盤，挑出小橄欖和青椒絲，拼成一張笑臉，推過去給大衛。

「無聊。」他難為情地笑了。

即使年紀過了，只要保有赤子之心，幾歲都能擁有小男生的笑容。

我們兩個看起來都受過上流社會薰陶，但不妨礙參加大胃王比賽。小圓桌不一會兒就堆滿空盤，侍女還偷偷記錄我們消滅食物的時間，結果屢創佳績。

他都會把我剩在盤邊的配菜吃掉，似乎捨不得浪費；而我則是挾走他半塊鮭魚作爲回報，然後被他氣呼呼地瞪著，感覺好像老夫老妻。

他可能發現了這點，後來進食的速度就慢了下來，心思都拿去傷春悲秋。浮生若夢，爲歡幾何？我倆之間的快樂就只有今晚……以上是林詩人翻譯自大衛的眼神。

這樣不行，飯後我只好努力地灌他酒，他的腦袋就不會想太多。

他和蘇老師一樣，一喝醉酒就會想跟喜歡的人撒嬌，抱著屁股下的椅子一起挪過來。

我本來想玩他的鼻子，卻被他反握住左手腕，讓我定位在他眼前，近得我能嗅到他呼出的氣息。

我看著他姣好的面容貼近，發燙的唇貼上我的嘴，然後閉上眼睛。

淚水滑到我唇邊，害得這個吻的結尾有些苦鹹。他哭著，這段感情他總以爲得不到結果，這樣的心情不停地折磨著他，好痛苦。

我抱緊他，直到他驚醒，粗暴地抹乾眼淚。

「妳人眞好，對誰都能施捨感情。」

「你誤會了，我是個十足的壞女人。」

「妳對人很眞誠，在人前總是笑口常開，重感情卻少意氣用事，總是退讓去成全別人，什麼委屈也不說……」

我看他垂下的長睫毛，心想這真是隻腸道益菌。

他又提出交往的要求，我正坐起來回絕他。

「對不起，我已經有喜歡的人了。」

「是個搞音樂，又會煮飯的臭小子嗎？」他咧開一口攻擊性白牙。

「不對，是溫柔的胖子喔！」

大衛憋著臉好一會兒，良久才哼了一聲。

「話說回來，志偉，你是怎麼弄到這身皮相的？」我戳戳他的臉頰，大衛陡然站起，黑白分明的雙眸瞪得老大。「幹嘛？我們認識那麼久了，你連我被演技派娃娃換掉都認得出來，我又怎麼會分辨不出瘦下來的胖子呢？而且你的英文名字就是大衛啊！」

「妳認錯人了！」大衛拔高音尖叫。不得不說，看他慌張的樣子好有趣。

大衛匆匆地逃往男廁，隨後我接到老王的電話，氣喘吁吁地對我大吼。

「之萍，幫妳叫了車，快回家！」

我想，還是保留男人的面子，不要戳破這層保護皮好了。

期待三天的中年人約會，就這樣草草落幕，我只好回去玩兔子解悶。

□

翌日，蘇老師來電，說胖子病倒了。

我覺得蘇老師這個同居人，一定知道些什麼；先跟他嗯嗯啊啊地瞎扯養肥兔子的祕訣，放鬆他的戒心，才開始埋怨昨晚老王失約的事。

我賭老王不敢跟小晶晶提起我早看穿他的小把戲。果然，蘇老師為學長情義相挺，依稀夾雜鄭王爺惋惜蘇小晶太嫩，又被我套話成功的嘆氣聲。

「阿偉學長前陣子跟另一個世界談了生意。」

老王整天叫我別跟妖魔鬼怪太靠近，自己卻明知故犯。

以前的傳奇故事也有記載，那是供鬼、妖化人的陰術，用美麗的外皮迷惑人心，算是比較高級的詐騙術。

可是人家鬼魅好歹沒有形體，怎麼包裝都沒有關係，老王卻指定一張混血兒模特兒的死人皮，就是要僞裝成骨感美男子。那身肥肉被捆緊了一整晚，沒脫水而死，眞是謝天謝地。

而且，陰術之所以叫作陰術，即是不適合陽世的人使用。蘇老師隱晦地說，老王交換了一些壽命。

他發這個神經，無非是希望我這個熱愛美色的花心女子，能夠由衷地喜歡上他，即使是一晚也好。

「要不是我跛足，這身皮囊給學長也沒關係。」蘇老師掩不住自責的口氣，以爲有幾分帳應該算在同居人身上，認爲自己不該長得那麼俊秀，又成天在他面前晃著，害老王自慚形穢。

這對學長、學弟眞是世間奇葩，至今竟然還沒被塵世女子吃乾抹淨，眞是便宜到林之萍身上。

「之萍小姐，我喜歡妳。」

「我知道。」這是我天大的榮幸。

「但我還是希望學長能夠幸福，他也一定能讓妳和明朝幸福。」

我向兒子們說要去醫院探望老王，小七立刻露出擔心的樣子，到房裡寫了慰問卡片請我轉交，而阿夕則做了點心。我有些驚恐地接過大兒子的心意，還偷吃兩個確定沒毒。林今夕只說看在老王聰明一世，卻栽在他老媽的份上，可憐他。

和老王交易的是鬼，身爲鬼大王的阿夕，說不定知情一二。

「今夕，你也明白，志偉從小就疼你。」

他過去以爲那都是總經理的心意，但自從總經理虛假的父親外皮被揭開以後，就算他不願意，還是得承認，眞正親自抱他上醫院、陪他到處上天下海比賽的好男人，是他一直看不順眼的老王叔叔。

「媽，我好不甘心。」

我伸手撫著小王子長大的俊臉，想把他的嘴角逗得勾起。阿夕無聲地抓著我的手，最終還是放開了它。

□

我到醫院碰上了一點麻煩，護士小姐說病人謝絕探視。

我沒死纏爛打，而是跟著幾個小護士走到休息室，和她們閒聊幾句，隨手換上衣櫃上擱著的白色護士服，順利混進高級病房中。

老王躺在床上，一本外文厚殼書擱在大肚腩上，意興闌珊地翻動著。

他看來實在很糟，露出來的皮膚都呈現泡過水的褶皺，還冒著紅腫斑點。可能因爲是自己招來的結果，他的神情不像其他怨天尤人的病患，而是完全自暴自棄。

「胖胖。」我這麼一喊，他平靜的小天地立刻天崩地裂。

「妳怎麼會在這裡！」

我把他摔下的書撿回來，然後呈上兩個孩子的心意。當他得知點心是阿夕做的時，頭一個念頭也是懷疑會不會吃死人。

「回去！」他拉過被單，想把整身胖軀遮起來。

我拉下被單，心疼地看著他難堪的表情。

「你呀，怎麼那麼傻？」

老王別過胖臉，不理我。

「志偉，不必這樣，你的一切，我都喜歡。」

我趴在床頭，想跟他撒撒嬌。他忍不住回頭，叫我別再戳他肚子，會痛啊，妳這白癡。

他把我作怪的手扣住，抓著了就沒放開，太明白我是怎麼一個惹禍精。

我趴著趴著，就打起小呼嚕；等我醒來，老王已經把我身上的護士服賠款買下，穿戴好衣物，要送我回家。

我問他身體好了嗎？他回說被我這麼一鬧，不好起來還得了？

他載著我在車潮裡穿梭，看盡城市一片繁華，我和他就是在這座城市相遇，進而相知相惜，如同我老爸老媽的戀愛情節。

車子停在一個特別漫長的紅綠燈前，老王才出聲打破沉默。

「我本來想算了，就當上輩子欠妳。」

我笑笑，直到他掏出黑色小盒。

「但是妳滿腦子都想著別人，學不會照顧自己。不能再放妳一個人下去，不管妳的話，妳遲早會被妳的寶貝們折騰死。」

我屏息看著他打開絨布盒子，露出戒指那對相結的心。

「林之萍，嫁給我。」

後續故事，請期待下集

番外 青絲

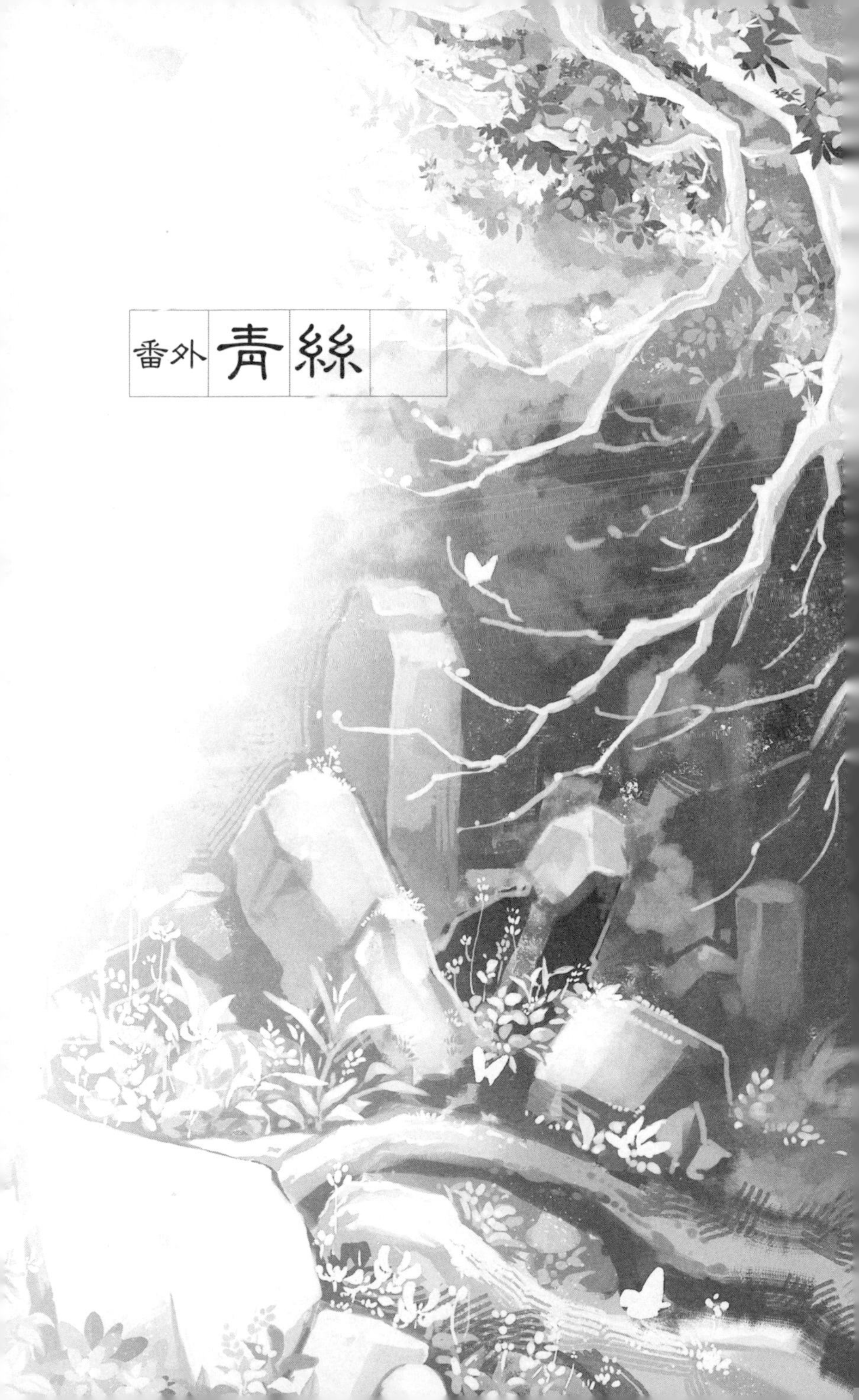

講一下我大學生活最可歌可泣的故事好了。

那時候很流行帶營隊（阿夕說現在也是），而且一定要在沒有便利商店的學校裡過夜，當晚還不能幹別的事，絕對要說鬼故事；身爲營隊總召集人旁邊的那名軍師，林之萍小姐於是義不容辭地出來開場。

我撿到阿夕之前，基本上沒見過什麼不乾淨的東西；回鄉掃八個墓，家裡的爺爺爸媽伯叔姑姑也沒托過夢給我。沒辦法，只好瞎掰。

我在眾人面前拉起及腰的長髮，給個悽慘的微笑。

大家都知道，頭髮是從頭長出來的，源源不絕的角蛋白，對比身體其他部分，沒有血管、沒有神經，除了遮大餅臉外，似乎沒什麼用途。

可是，反過來說，看看這頭茂盛的髮絲，我的頭就是從裡面長出來的，呵！

「啊啊啊，林之萍妳這個變態！」

女孩子們對著我尖叫，敝人深感榮幸。

過完那一夜，沒有鬼怪也沒有色狼，完美落幕，大家揮揮手說再見，發誓不會忘了這個蚊子很多的夏天。

本該就這麼結束的，可是我們的總召集人兼校花，叫住了我這個花瓶友人。

「阿萍，妳昨晚說的那些話是不是眞的？」

校花名字眞的是朵花，她叫紫荊，而我是陪襯她、逗她笑的小小花瓶。

「眞的。」我一臉嚴肅地回答，「被妳發現了呢，我們林家就是從頭髮星球移民過來的第十三號居民，本體是髮絲，腦袋是空的。」

校花過來用力敲我的頭，聽見空洞的回音，才滿意地點頭。

「萍，我一直有額前禿的問題。」

「哦！」好八卦，校花飄逸劉海下的大祕辛。

「妳敢說出去，我就把妳吊死在寢室陽台。」

「……小的守口如瓶。」我們住同一個房間，難保哪個月黑風高之夜，她不會痛下殺手。

我們坐在水池邊長談，別人看起來像姊妹淘談心，實際上是說鬼故事。

「人家介紹我去植髮，交代我只能一個人去。而這種丟臉的事，我也不敢找人陪；早知道拉妳去就好了，妳向來福氣很旺。」

「對啊，妳太見外了。」我拍拍校花背脊兩下，給她打氣。

我的美女朋友信奉完美主義，可能和她的家教有關，吃飯筷子要傾斜幾度都有規定。我去她家做客時，不過用指甲摳菜渣，就被請出去，回宿舍還得聽她憤慨的三小時訓話，她還說她這輩子唯一的污點，就是認識了我。

太絕對、太極端都很辛苦，不是林花瓶信奉的人生準則，身爲她極少數的知心友人之一，總是要用身教來影響她；我眞是用心良苦啊。

回到主題，她去找密醫治禿頭，結果咧，怎麼愁眉苦臉的？

她扳開額前的髮絲給我看。怪了，哪裡禿？我只看到白淨的美人尖。

紫荊見到我疑惑的臉，只是顫抖地說了一句：「頭髮……長出來了……」

這是好事呀，我替她高興都來不及了。

紫荊搖搖頭，叫我再仔細看。我瞇起眼，發現額際那排烏黑有加的髮絲，和一般頭髮不一樣，好像種豆芽，它們在頭皮表面生出細碎的髮根，像眞正的生命體那樣在頭皮蔓延出自己的「根系」，不時微弱地脈動。

「之萍，它們是活的……」紫荊點出我不想承認的超科學現實。

「好，我去找消基會檢舉那間黑心診所。」我伸手彈了下她的鼻尖。

「爲什麼再可怕的事到妳嘴裡，都會變成笑話！」紫荊放下她最在意的頭髮，爲的就是空出兩顆粉拳揍我，「我有去找過了，那間店不見了，我到底該怎麼辦？」

兩顆淚珠從紫荊的大眼睛滾落下來。我生平最怕女人哭，這點是從我老爸那邊遺傳到的。記得某一年冬天，老媽結算家裡的收入，得了個大赤字；想到生病的爺爺，就忍不住眼眶紅；我們父女倆在旁邊轉圈圈逗她，才讓老媽收住眼淚。

那是我唯一看過母親哭的一次，而今也是紫荊唯一哭給我看的一次，怎麼可以不幫幫她？

紫荊去找過介紹人，不出所料，那個好心的專櫃小姐也失聯了，簡直像計畫性犯罪。

校花那張如花似玉的臉孔，就這麼一天天憔悴下來，眼下掛著兩記熊貓眼圈；她說，晚上睡覺都能感受到頭髮在汲取她的頭皮物質當養分。她不敢叫出聲，怕吵醒在隔壁床睡得像死豬的我。

「紫荊寶貝，妳再仔細想想和誰結過怨？」我往她臉上打了兩記響指，她無神的大眼睛總算重新對焦。

「我沒有和誰有金錢上的往來。感情方面，家裡不准我交男朋友，我也沒參與系上小團體的鬥爭。花瓶，我自認沒有得罪過什麼人。」紫荊又抓了下她的劉海，表示那些頭皮的「新居民」又開始不安分。

我畢竟是站在她身旁的花瓶朋友，知道優秀的她佔了多少人夢寐以求的獎學金和出賽代表的名額；多少被她拒絕過的男人，背地裡說了多少難聽的耳語；因爲沒參加小團體，所以沒朋友。但是眞正有眼光、欣賞她的人也不少。

爺說，大部分的人都庸碌一生，特別的並不多，遇到了就要珍惜，才能跟著遇上更多有趣的事。

紫荊就是個才貌兼備的好女人，我就跟著她這個學校的活動組長，當了個副組長，搞了許多轟轟烈烈的大事。玩完盡興，她還會咬牙幫我收拾善後。

「那換個方向思考好了。」我抬起一根食指，輕晃兩下，「妳的頭髮屬於不可思議的範圍，那麼，最近妳有什麼不可思議的印象？」

「沒有……」紫荊才剛說完，細長的睫毛猛然抬起，「我們剛辦完女子新生的營隊，因爲需要留宿，我去打探了學校過去有什麼不安全的傳說，班上的『信徒』還介紹我去靈廟求平安符。」

「信徒」是個害羞的女孩，但是一說到她的信仰，就會變得異常狂熱，才會有這麼一個綽號。

「小荊妹妹呀，說到廟，妳應該來找我。不是我自誇，靈的我不知道，哪間是神棍我可是清楚得很。」托爺爺的福，我跑遍所有能求得健康的寺宇，結果全部沒用！

「我沒多想，而且『信徒』又很熱心地帶我去和他們的『恩主公』見面；那位中年男人說話很有條理，可以輕易說服沒主見的人，但是眼神很怪，一直稱讚我優秀，將來會是個好母親。妳也知道這是我的地雷，我最討厭有關賢妻良母的任何帽子，然後我就生氣離開了。」

校花會有這種反應，說來話長。紫荊的老母，從她七歲開始，就忙著幫她物色好男人，總認爲女孩子學藝是爲了當陪嫁品，混個體面的好學歷，就可以風光地步入禮堂，一輩子相夫教子。

養小孩也不是不好，但這不是紫荊想要的人生。

「花瓶，我不能告訴我家的人，他們除了生氣，什麼忙也幫不上。」

這種話也不完全對，尤其是國中以下的小朋友們，可千萬別意氣用事。不過，我去校花她家觀摩過，的確每個人都是五十年前的老古董，要是跟他們說令千金頭上長出活蹦亂跳的頭髮，相信他們會很生氣，然後指責只是想治好額前禿的校花。

總之，助益爲零。

我當時也是太年輕，把自己想得太偉大，明明還有其他更保險的方法，我卻以爲林之萍可以英雄救美。

「我聽爺爺說過，頭髮雖然不是活細胞，但一些術者只要拿到少許髮絲，就能行詛咒之術；也有術者反向操作，他們削下自己的髮絲，植入他人頭頂，就能操縱那個人的身心。」

說完，沒讓校花鬆口氣，反而讓她更加驚恐。

「唉呀，說說嘛，說說而已。」我三八似地晃著手指，希望讓紫荊緊繃的神經放鬆。

「阿萍，有人在我的腦袋裡說話，是植髮之後才這樣的。」紫荊顫抖地說道；我隨口提起的傳說，更是激起她的不安，「那聲音溫柔得很噁心，說要帶我去另一個美麗的世界。我每次驚醒，都得看著妳流滿口水的睡臉來安定心神。」

我對她投以嬌羞的眼波；小莉莉好討厭，怎麼偷看人家？

紫荊折完我的手骨，才稍微冷靜下來。

「之萍，妳有什麼辦法？」

我朝紫荊眨眨眼，她咬咬牙，重發問句。

「萍萍仙子，請教教我楊紫荊到底該如何是好！」

我比出三根手指；首先，告訴我三圍。

「幹嘛？」

「參考一下。」

紫荊心死地報了三組數字給我，我垂涎地看著她的胸部；平常包得那麼緊，換穿衣服也總是小心翼翼，不跟我分享一下，沒想到那麼大顆。

「林之萍，去交個男朋友，看看能不能治好妳的變態。」紫荊露出鄙夷的眼神。

「好說好說，這要看緣分，小萍兒相信有緣人。」我想出社會之後，再到師長們所謂的大染缸裡看盡花花世界，「妳和『信徒』小姐還有聯絡嗎？」

「沒有，自從我參加她的教團那麼一次之後，她就一直纏著我，說恩主公看上我是我的福分。我厲聲回絕，還叫她別再和那種詭異的宗教扯上關係。她瞪了我一眼，很冷的一眼，就沒有再說過話了。」

我摸摸下巴：「小荊呀，妳做人要圓滑點，喜歡的東西被批評，誰都會生氣的。」

「之萍，看她那沉迷的樣子，就算由妳這張胡溜嘴來勸也是沒用，我只是想盡一己之力而已。」

紫荊撐著額際，蒼白卻有一股堅毅的美感。竟然有人想傷害這麼漂亮的人兒，林之萍怎麼可能坐視不管？何況，紫荊還常常請我吃飯，是衣食父母，沒了她，就沒有飽食的三餐。

我叫她等等，然後跑去豬朋狗友那邊晃了一圈回來，打聽到「信徒」上課的教室，等會兒一下課就去堵她。

「一定有人在監視妳，不可能下手後就不管，他們可是期待著妳哭叫的臉呢，妳愈是驚慌失措，他們就愈開心。」

紫荊傲然地昂起頭；對一個自視甚高的優等生來說，踐踏她的自尊，無疑是向她下戰帖，就算對方有特異功能，她也無法嚥下這口氣。

我成功激起了友人的鬥志後，就和她一起到教室大樓守株待兔，等下課鈴響，信徒從二樓樓梯走下，雖然臉上依然掛著微笑，卻不讓人覺得可親。或許是她笑容背後的高姿態不討喜，她總是把周遭的人們視為低她一階的生物。

「妙語！」我大聲叫嚷，成功引來信徒小姐的注意。她對我揚起友好的笑，可是一見到紫荊校花，就立刻皺起眉頭。雖然只是很輕的一下，但她的笑容面具出現了真實的表情，對比下來就相當明顯。

她親暱地拉著我的手，過去沒看她這麼熱情過。仔細看她的眼神，和旁邊的同學確實不太一樣。

「之萍，這禮拜六我們社團有一場很棒的演講，提供美味的點心與茶水，妳要不要來？可以的話，把妳那群朋友也帶來吧？可以認識很多事業有成的人物喔！」

信徒小姐並非外向的人，卻強裝熱絡地對我這個半生不熟的傢伙背誦制式的台詞。我和紫荊早處理過類似的案例，這種聽似普通的邀約算是變相的傳教。學校明令禁止宗教宣傳，不過山不轉路轉，他們總能想出似是而非的手法，包裝過後再進軍校園。

我一口答應下來，但這樣的直截了當，反而讓信徒小姐一時怔住，過了三秒才想起嘴角要笑，實在辛苦她了。

「我的朋友，也就是美麗的紫荊，可以一起去嗎？」我追問一句，信徒抿起猶豫的唇，「唉唉，別這樣。就是她跟我推薦，我才有機會認識妳的信仰的好。她上次只是怕生，回去思考過後，才真正明白妳們的教就是她的歸屬。」

信徒被我說動幾分，但對紫荊還是有所不滿，應該說她本來就不太喜歡不用請就會自動豎起雙耳聽她說話的紫荊美人，所以之前那個「好意」的邀請，才會讓人感到突兀。

「我上次帶她入門，她卻對恩主公出言不遜。」

我瞄向依然端正站著的紫荊。我的好朋友，敢情妳單槍匹馬去到敵營，就直取將領腦袋，好樣的。

紫荊也看過來，用眼神說：之萍，別眨眼，正經一點。

「很抱歉，我想爲上次的失禮親自向那位上師道歉。」紫荊向來能屈能伸，可以請客吃飯，也敢對我放高利貸，這也是林花瓶佩服她的優點之一。

信徒稍稍和緩了態度：「我們教派主張不爭和寬恕。『教單』和『教重』會原諒妳的罪行。另外，恩主公是『大變聖』，不是其他宗教徒有虛名的『上師』。」

信徒短短的幾句話，我有聽沒有懂。紫荊後來跟我解釋，原來把一些常用語置換成專有名詞，是他們那些人的興趣所在。「教單」是男的信徒，「教重」是女弟子，而「大變聖」是取自可以在變化無常的三千世界中掌握大之變化的聖人，和馬桶什麼的一點關係也沒有。

我對大便沒有意見，不過「不爭」呀、「寬恕」啊，好像也是中華五千年文化的美德，不算是稀有的知識，小朋友都知道。

雖然在肚子裡咕噥過一遍，但我還是漾起純眞甜美的笑靨。

「哇，真期待和傳說中的大便見面！」我歡喜地鼓掌，紫荊則用眼白狠狠地瞟了我一眼，好在信徒沒注意到我的一時口誤。

「恩主公一定會喜歡妳的，林之萍。」

信徒以複雜的口吻說道。我聽了，頭皮就像突然有了意識，瑟瑟地顫動了兩下。

□

成功拿到他們下次集會的資訊，我和紫荊回到學生宿舍，開始沙盤推演當天的戰況。

「妳攻他下盤，我負責吃點心。」我咬著仙貝，食物來自營隊結束後的餘糧。

紫荊那支好端端在紙上記錄的筆，冷不防往我額頭敲來，簡直痛徹心扉。

「阿萍，妳要找幫手來嗎？」

「雖然人多勢眾好帥氣，不過太多人反而無法深入敵營。」

我們兩個弱女子，身旁要是站滿護花使者之籃球校隊，或是阿發他們那群打橄欖球的猩猩同胞，會引起對方的戒心，說不定連幕後黑手都見不到。

「我也是這麼想，希望以最少的人力辦妥這件非科學的歹事。」另一方面，紫荊也不想太多人知道她額前禿的問題，「而且，我上個禮拜才拒絕阿發的告白，沒臉拜託他們那群兄弟幫忙。」

「爲什麼不考慮看看?」

紫荊討厭別人追究她的感情世界，但我覺得自己對她比較特別，屬於可以提問不會死的例外。

這種時候，要是有個可靠的男朋友在身邊，就不會淪落到給林之萍抱著哄。

「阿萍，我對男人沒感覺。」

有的年輕人說這種話是爲了要標新立異，但紫荊說的就是字面意義。

「我和同性可以做朋友，但也僅此如此。我和妳不一樣，我覺得活在世上，自己已經是個不能再加入什麼的完整個體。即使我的家庭再怎麼灌輸男婚女嫁的觀念，我就是沒辦法接受和自己不同性別的人一起生活。」

紫荊的思想比社會的普遍進度還要超前一點，而她家又是個倒退三百年的古董屋；在她家裡，可能連第一句話都容不下。

「那妳自己呢?軟性拒絕男性的數目破百，妳也不是省油的燈啊，遊戲花叢不沾蜜，誰都可以讓妳顧盼回眸，但誰都不是妳的歸屬。小心，以後別讓我在社會版的情殺案裡見到妳。」

「不不不，當林花瓶遇上命中註定的那個人，就會甘願束手縛腳地讓他囚禁一輩子。」

紫荊毫不遮掩地用白光鄙視我。我和她不同，本花瓶就是喜歡男人！

我這個孤伶伶的孤家寡人，總是想著要和一個模樣還模糊不清、宛如水中影那般的好男人養一堆小孩；等小孩長大展翅高飛後，夫妻倆就彼此扶持，直到躺在病榻上再也無法起身，卻互相數著彼此白髮的那天。

我想，這就是所謂的少女心啊！

「阿萍，世上多的是踐踏眞心也不以爲意的負心人，妳要學著有所保留。這樣好了，妳每個有好感的男人，都要讓我鑑定過後才能交往。」

爲什麼咱們同年，紫荊總能擺出鄰家大姊的姿態？

「咱們不是要討論頭髮的事嗎，怎麼繞到人家身上來呢？」

紫荊擱下筆，深深地凝視著我。

「這次，我或許會有個萬一。爲了消除胸口的這股怒火，我不怕死，卻放不下妳這個笨蛋。」

我繃緊背脊，但臉上依然笑容可掬。

「紫荊大美人，我保證，就像童話故事那樣，壞人終究會受到制裁，而公主殿下一定會平安歸來，因爲妳就是個好女人。」

很久很久以後，我再回憶起當年的事，即使再怎麼想替年輕的自己和紫荊辯解，都只覺得當時是多麼地輕率而無知。

星期六當天，紫荊牽來視若珍寶的野狼一二五，戴上全罩式安全帽，穿著束身的皮外套，胸部依然包得老緊，害得宿舍那些沒見過世面的小學妹以為這是我哪來的賽車界男友。前一天我計畫穿高中制服出門，被紫荊斬釘截鐵地駁回。

我微笑望著她英氣勃勃的漂亮臉蛋。最近這幾天，可能是因為有一個可以分享噁心頭髮的同伴，紫荊的精神反而變得好一些。

「阿萍，水和醫藥包帶了嗎？叫妳綁好頭髮，妳竟然給我編雙麻花辮！難怪拖拖拉拉那麼久時間。」

紫荊都說自己死到臨頭，卻還浪費時間來囉嗦林之萍，我這個朋友真的當得那麼失敗嗎？

結果，我麻花辮紮得不夠緊，在紫荊飛馳公路的時候，仙女散花般地散了開來。紫荊用手肘輕撞我的肚子，當作不聽老人言的懲戒。

「算了，如果不會捲進車輪，就別綁了，讓它飛吧！」

我環著她的腰竊笑，偷偷告訴大伙兒一個祕密：楊紫荊最愛林之萍的長髮了。

照信徒給的指引，我們峰迴路轉地來到荒山野嶺，紫荊確認過這就是她上次被廂型車載來的地方。

「小信信一定很信任我們，才會吐出核心資料。」

紫荊忍不住憂愁：「阿萍，從另一方面來看，這也代表我們已在他們的掌握之中。」

這念頭眞是令人不安，但要年輕人坐以待斃，還不如憑著一股血氣直搗黃龍。

我們將要拜訪的廟宇建在深林間，從山下的公路望去，相當不醒目；以爲這麼偏僻應該很難招攬客源，然而等我們來到半山腰，卻發現停車場已停滿車，車頭的名牌標誌閃得我睜不開眼。

沒想到大便俠這麼有名望，深受好野人捧場。

紫荊看著我盯緊名車不放，淡淡地告訴我宗教就是如此，高人們很早就了解到該布澤的是什麼對象。不管任何事，生活飲食、宣傳布教、公益行善，都需要錢，當教中的神職人員向凡人們募款，窮人多半爲了生活攢緊手中的銀子，而富人才是能眞正提供資助的財源。久了，要往哪邊靠攏，大伙心知肚明。

「妳別全盤否認，有的善事只有信仰動員得起來。」

紫荊在陡峭的坡道上謹慎騎行，跟我說了件家族的祕密。

她的小姑數年前到國外進修，回來時變了一個人，不停地拿錢出去資助靈修團體；那到底是個什麼樣的組織，紫荊現在也沒弄清楚。她小姑中邪般地抓著家裡的每個人，灌輸她所習得的教義；和她以往說話的方式不同，就像是透過她喉嚨播放的教學錄音帶。

她小姑堅持教團才是眞理，也不參與家族宗祠的祭祀，堅持拿香是邪魔歪道，祖先們都是罪惡的惡靈。

在紫荊的記憶中，小姑以前不是這樣的。以前的她，甚至不顧女子身分，踰矩到宗祠靜坐，灑掃環境，把每個牌位都擦得發亮；她說過，祖先們是己身的過去，己身則是他們的延續，藉由祭拜將彼此連接起來，記憶則是最好的黏著劑，這樣即使處在偌大的時空中，也不會感到寂寞。

紫荊的小姑後來卻親口否定家裡最讓她感到驕傲的地方。她到國外之前，交往數年的男友被家裡人強迫分手，紫荊不知道這是不是讓她改變的原因。

後來，她小姑從親友身上撈不到錢，於是私下變賣了祖父的祖厝，結果被當作叛徒趕出家門。三年前，紫荊高中畢業的那年暑假，她小姑泡爛的屍體被送回家裡停殯。

紫荊哀傷地停頓下來，憑弔逝去的生命。

「她的遺書只寫著四個字——我被騙了。」

可能山上冷，我的寒毛整片豎起。

紫荊說得雙唇顫抖，氣到沒注意這片冷意，只深惡痛絕地瞪著山頂香煙繚繞的寺宇。

「之萍，他們也騙色。之前，那個領頭的神棍帶我到和室去，要我和他一起誕下神子。」

「感覺真噁心。」

「但那傢伙真的不太尋常，妳就負責在我點頭之前把我打醒。即使他們迷惑得了我，應該也控制不了妳才對。」

「美人，妳對我真是有信心。」紫荊向來只會吐嘈我，又打又罵，這般信任可是從來沒有過的事，我好感動。

「我只是想，白癡的腦電波應該比較不一樣。」她一臉認真，我受傷了。

雖然我覺得紫荊一到戰場就有些失了冷靜，但是年輕人血氣方剛，就是不想臨陣退縮。我牽著她的手，相互扶持地走向虎穴。當我們出現在門口那刻，道觀中像女子呢喃的誦經聲便安靜了下來。

大殿跪著十來個盛裝的香客，眼神朝我們兩個天仙掃來。還知道要欣賞美女，不算中毒太深。

有人進去內室通報，不久後，兩個未成年少女穿著素樸的白衣長裙，左右牽引出一個身披金袈裟，雙頰紅潤，微胖而慈眉善目的中年男子。

我猜，這個人應該就是傳說中的大便俠。

「累了吧？先喝口仙水。」他對紫荊的再訪毫無芥蒂，非常和藹。

我見過的修行者沒有千也有百，而男人出現的那一刻，我無法斷定他是不是神棍。神棍再會演戲，終究明白自己是凡夫俗子，可是從這男人的眼神中，他並不認爲我們與他同類。

我爺說，那些有點本事的邪道，才是眞正的危險人物。

我和紫荊都明白，不可以喝可疑叔叔端來的水，但眾目睽睽下，要來充作間諜的人不好拒絕，我只好手一滑，連水帶杯地打破給他看。

「阿姊、阿姊，我對不起世界，去死算了！」我急中生智，扒住紫荊的大腿，裝成憂鬱症患者。

紫荊想要掐死我卻咬牙蹲下來，把我抱進懷裡哄。啊啊，軟玉在懷就是這麼回事吧！

「小萍萍，沒事了。恩主公，我朋友毛病又犯了，可以請你救救她嗎？」

恩主公微微一笑：「可是我看這位小姐挺健康的，只是有個很可惜的隱疾，這一生已經失去身爲女人的價值。」

紫荊抱著我，所以很清楚地感受到林之萍僵化的程度。她以爲那個騙子的嘴傷害不了我這個電線桿神經人，卻隨便三言兩句就踩中我的傷處。

我們被請到客室，等他人退下，紫荊猛然按住我的肩。還沒打聽到生髮星人，倒是先對自己人逼供。

「他說的是眞的嗎？」

「因爲我生理期很怪，陪爺爺到醫院看病時順便檢查，結果就那樣了。」我傻笑以對，想說些暖場的笑話，紫荊卻難過地抿住唇。

「阿萍，我什麼都不知道，還跟妳抱怨生小孩浪費時間，又在失去家人的妳面前說寧願不要有家絆手絆腳的這種話，妳爲什麼從來不對我生氣！」紫荊垂下臉，好生自責。

我摳摳耳朵，完美主義就是壞處一堆，這點芝麻蒜皮的事也要計較。

等待的時間相當漫長，不是抽象的比喻，而是他們眞的把我們晾在這裡，讓我們從午餐等到晚餐，飢腸轆轆。

我的胃耐受得住，膀胱卻再也受不了，一定要去尿尿。紫荊不准我輕舉妄動，可我還是趁她不注意時跑出房間找廁所。

客室的格局不太一般，相似的和室隔間對稱陳列，使得走道也相當類似，不好記憶逃跑路線。時値黃昏，有的房間亮起燈，有的昏暗著，像是分格的紙燈籠。

我朝最近的亮房敲敲門，問了好幾聲都沒人回應，我只好微笑地拉開門板；問個路應該不會少塊肉吧。

「人家迷失人生的方向啦，請問……」

等我看清楚房裡的狀況，喉嚨頓時失了聲。當時的畫面，即使我從大女孩變成了歐巴桑，也都還記得，長髮四散的少女赤裸地躺在米色的地板上，雙腿大開，從中流出鮮血和濃濁的白液。

她兩眼無神卻幸福笑著，像是母親的慈笑。

光線突然暗下，我被粗暴地拉出房間，一直到下個走廊轉角才回過神志，看清楚抓著我的人是信徒小姐。

有熟人在，那麼失智小女孩就不能演了。

「林之萍，妳犯錯了。」

「曾妙語，妳才瘋了。」

我冷眼以對。對付自以爲是的歪理，就要比他們更冷靜才行，再慌亂也要顯露出大賢者的自信。身處於扭曲的環境中，更要看清楚正確的道路。

「那是什麼？性交易嗎？」

我好聲詢問，她下意識地回答：「鬼母。」

「大便不是要和紫荊產神子，怎麼又是鬼又是神的？」

「神母孕育神子，鬼母生鬼子。一神子將會統領眾鬼子，爲人們打造出樂土。」

「爲什麼神可以統治鬼？」這跟我爺說的三界故事藍本根本不合。

「鬼是罪惡污穢的存在，它們身上有太多罪孽，只能被神子役使。」信徒又開始答錄機模式。我想起剛才的少女，再看向信徒高高在上的囂張嘴臉，決定不再顧慮同儕的顏面。

「不對，妳把神鬼定出高下優劣，還把鬼遭人踐踏視作理所當然，妳的不爭和寬恕究竟到哪裡去了！」

信徒訥訥，只反覆說著我不尊重她的信仰。

她已經傷害到我的朋友，不用在我面前嚷嚷宗教自由，請及早做好接受制裁的覺悟，我這個凡人可沒有表面上看起來大度。

「妙語，妳是哪邊？鬼母還是神母？」

「我是恩主公的答拉教重。」

「眞奇怪，大家明明都有被臨幸，只有妳，唯獨妳還是清白之身。像我一來，他就遞了仙水給我。」

我仔細觀察信徒的神情，以上的話沒有根據，只是猜想，卻完全被我說個正著——她不受寵愛，以及那杯水確實有古怪。

「因爲我是特別的！只有這裡，才會有人聽我說話！你們這些人都在背地裡嘲笑我！我知道！」

「小姐，只要妳還在世間，就沒有什麼不同。」接下來的話有些殘酷，但我不想再顧慮她的感受，「紫荊為什麼會被選作神母，大便俠有開示妳嗎？」

「因為她是大仙指示的人！」

「不對，是因為她長得漂亮。」

信徒瞪大眼看我，像隻瘋狂的看門犬，即使會被撲上來咬一口，我也要冒著狂犬病的危險說實話。

「根本沒有人在乎妳，妳被騙了。」

「哇啊啊啊！」

她發出野獸似的叫聲。

我一回房間，就撲過去抱住紫荊。她罵我幾聲，還是拍拍我的腦袋，問我發生什麼事。

「小荊，這裡是大人的世界，他們不會因為我們是兩個可憐女孩就對我們手下留情。」

「阿萍，我早就知道了。」紫荊吐口大氣，反抱緊我。

老實說，我感到害怕。

他終於來了，身邊還帶著兩個和白天不同的美少女，更加美麗，只是氣息不似活人。

少女們端上餐點後退下，是素菜，以西餐的方式烹調，附上刀叉。我阿奶是虔誠的修行者，崇尙儉樸，她生前說過，素食要是變得豪華，就失去齋戒的意義。

「妳們會來這裡，是因爲迷惘。」大便俠溫柔地出聲。

「我們這年紀的年輕人，十之八九都會感到迷惘。」紫荊凌厲地回以顏色，展開邪教教主與大學活動組幹部之間的口水戰。

「妳眞正的天命就在這裡，來，不要抗拒。」

紫荊狠瞪著男人。她是生氣起來比笑還美的美女類型，也難怪對方處心積慮挑起她的怒火。

「那麼你也眞是可悲，只是一尊提供精子的傀儡，你的天命就是那些纏在你身上的線頭嗎？我楊紫荊是何等人物，不屑委身給連自己命運也無法掌控的白癡！」

紫荊說話不會磨去稜角，算是她嚴格的家庭教育要求出來的是非觀，對即是對，錯就要指正。可惜大便俠沒那個雅量欣賞，臉上浮現惱色。我看他手指往手心動了動，隨即紫荊便按住頭皮痛叫。

「紫荊、紫荊，妳怎麼了？大師，請你不要傷害我的朋友！」

我嘴邊無助地哭喊著，右手則拿吃飯用的刀具抵在男人側頸。

「解開你的法術，否則同歸於盡。」我在他耳邊輕喃。他偏過頭，眞切地看了我一眼。

「失策。」他低聲啐了句，並不慌張。

「紫荊，還好嗎？還站得起來？」我輕叫道。紫荊勉強從地板爬起，喘著氣，搖搖頭以示無礙。

「阿萍，妳嚇死我了。打從一開始妳就沒打算談判，那我們幹嘛練習這麼多次？」

我原本也想坐下來好好談，但是見到亮房那幕之後，發現這裡的常理已經毀了，無可救藥。

「給妳取名的人是誰？」

大便俠突然想深入了解我，害人家好是驚恐。

「可憐，妳沒有根源，最終也無法開枝散葉。」

「我不可憐，亂說話下地獄會被拔舌頭喔！」我持刀的手不敢有絲毫鬆懈，這是我們僅存的活路，「我出生在世上，幸福地長大，學會笑、明白哭泣，身爲人的一切我都有，哪裡需要你來說嘴？」

他再也不看紫荊一眼，反而用專注到令人發毛的視線盯著我瞧。

「可惜，要是妳能生育，就能同時懷出神子和鬼子。」

「這位大哥，你只是想跟我上床吧？」我聽得頭皮發麻，他竟然還有臉淫笑。

唉，誰教我現在是個無依靠的孤女，如果我家人還在，大便俠必定會被一老兩女三男圍毆得不成人形。

「之萍，不要和他多說！」

好在我還有一個撐腰的好朋友，一聽到他口頭上吃我豆腐，紫荊就瞪他瞪得多麼起勁。

我把刀刃靠向男人喉嚨幾分，要他交出解藥，他卻說解救方法只有「受孕」一途。

「妳只要把肚胎留下來，我們不會爲難妳。」

「神經病！你們把生命當成什麼！」紫荊的道德觀快逼得她不顧痛楚，過來痛扁男人一頓。

「生命不過是一個過程，神子和凡人都是生命，可兩者絕非同等存在。」

又來了，既然如此，快點把「不爭」從教義中刪除，掛羊頭賣狗肉可是欺騙消費者的卑劣行爲。

「不要抗拒，時辰到了。」

紫荊再次按住頭皮，任憑我怎麼叫，她都無法集中意識。她清明的雙目逐漸渙散，俯身朝她厭惡的男人叩首，然後解開胸口拉鏈。

我叫大便俠住手，他卻自信地笑了起來。

「妳不敢殺人，妳很善良，我知道。」他拉過我持刀的右手，深情一吻。

教主當太久，還眞以爲他是白馬王子。

「不好意思，所謂的善良是對好人溫柔，不包括淫棍！」

我反手將刀刺向他大腿，終於聽見他像個凡人痛叫。

我扛起紫荊，破門而出，昏暗的走道頓時大亮，照得我們無所遁形。我靠著直覺，從暗室和亮房交替的走廊摸索出對外道路。紫荊清醒了些，問我接下來的計畫，我回說老天保佑。

「阿萍，往後頭的林子走。他們在外圍搭護欄，表示不敢貿然進出山林。北極星在右手邊，妳往前走，會接上產業道路。現在正是水梨產季，我們一定會碰上出貨或是送貨回來的卡車。」

我按紫荊的指示跑，但來到深林交界，不禁有些躊躇。

我從小在山村長大，分得出什麼是可以遊玩的林子，什麼林子生人勿近。林邊外聽不見禽鳥的叫聲，從這頭望不見另一端，很暗，如果可以，我不想帶我的好朋友進去裡頭做森林浴，但我沒得選擇。

「林之萍選手預備備——衝！」

爺，請在天上保佑小萍，要是紫荊有什麼萬一，林之萍也不願獨活。

我踩上軟泥和枯枝，深入禁地，火光在林外徘徊，看來他們那些人眞的忌憚這片幽林。

「之萍，偏了……」紫荊的方向感奇佳，這種狀況還能定位，眞是活生生的指南車。

「那邊感覺不對，我要繞點路。」

「什麼感覺？」紫荊的聲音好微弱，失去了平時教訓我的氣勢，我得加緊腳步才行。

「紫荊，請相信山林的孩子。」我用大拇指撇過鼻尖。紫荊要不是頭痛，一定會扭我耳朵，罵我耍什麼帥。

「妳那個叫獸性吧？林猴子。」

一個不注意，被腳下的樹根一絆，兩個女人就這樣慘叫地跌下。在我們扶著屁股爬起之前，三枚羽箭咻地沒入我扶著的樹幹。

要是我沒摔倒，箭矢就會插在我和紫荊身上。

「他們怎麼有辦法在林中射箭？」紫荊臉色慘青，有意無意地把我拉到她身前護著。

我打量箭上的符文：「紫荊，這世上有許多科學說不清的原理，他們使用的不是冷兵器而是法器，能夠追蹤目標。」

紫荊聽得眉頭深鎖，我卻勸慰她不用擔心。

「他們做錯了，有的地方有它自己的主人，你可以經過，但不能讓它感受到威脅，不然的話……」

地面大動，後方傳來淒厲的慘叫，還依稀聽見大便俠咆哮著質疑是誰射箭冒犯到山林主人。

我伏在地面，豎耳傾聽動靜，慶幸那股令人神經緊繃的壓力源頭跑去找大便俠他們算帳，而非選擇我們兩個落難的弱女子。

我再次揹起紫荊；她略略喘息起來，不知道還能維持多久意識。

「之萍，妳是不是很了解『那個世界』？」

「我不認識神和鬼，只是小時候聽爺爺說了很多故事，已經很久沒有更新了，不知道上下兩界變成什麼樣子。」

「妳爺是什麼人？能夠把妳帶大成無懼大風大浪的傢伙，絕不是正常人。」

「我爺只是入贅給我阿奶的博物學家。」

沒想到紫荊會在生死一線時想要探索林小萍的祕密花園，我好感動。她自從知道我家的人死光了之後，總是避諱談到他們，但我其實一點也不想忘記家裡人，很樂意與人分享他們的好。

「他第一喜歡阿奶，第二喜歡的就是林小萍了！」

「不要離題，妳只不過是想炫耀妳家的人有多愛妳！」

「哈哈，被發現啦！」我伸手往後挪好紫荊的屁股，眞希望她能一直精神百倍地對我大吼下去，「紫荊寶貝，我看到柏油路了，我們就快到了。」

「嗯。」她在我背上嬌弱地應道。

我想，這一刻，她說不定覺得永遠和林之萍在一起也不是壞事。

人太難完美，總是有空虛的破洞需要別人來填，獨自生活實在太難，就像紫荊這樣的天之驕女也絕沒想到植髮會植到被設計。

通向光明的道路就近在咫尺，我的身後卻突然一空，從上空垂落的蔓藤纏住紫荊的脖子，把她吊向林冠。紫荊沒有力氣反抗了，纖細的雙手往上撥了撥，就不再動作。

「紫荊！」

我以前有個小名，就叫小萍猴，意思是在山上玩大的我，對爬樹這門絕活非常在行。

我往最近的樹木衝刺過去，成功攀上離地最近的枝幹，往繞著藤蔓的枝梢走去，就要抱住昏迷的紫荊時，一枚黑色的回力鏢卻早一步斬斷蔓條，紫荊順勢落下那人懷中。

「沒辦法再讓她懷上神子了……」教主緊抱著紫荊的身軀，通紅的雙眼卻緊盯著樹上的我，「現在是鬼子的時辰，她只能做鬼母了。」

他的聲音異常沙啞，充滿令人發毛的遺憾。

「大便，一物換一物吧？」

他的目光貪婪地追逐我的胸腹，又往下半身探去。我瞎了眼都知道這男人看上了我。

「爲什麼偏偏妳不能生？」

可能是老天爺知道我寵起小孩來無法無天，就算骨肉成了壞蛋大魔王，我還是會縱容他毀滅世間。

我往下一躍，直往男人的傷處攻擊過去。任憑他神佛罩頂，也不免哭爹喊娘，何況我還順腳踹了他的雞雞。

紫荊重新回到我身邊，我和她顫顫地站在離路面五公尺以上的坡面。我抱緊友人，橫躺下來，避開尖銳的竹刺，就這麼從坡度三十的斜坡橫滾下山。

我們一摔上馬路中央，正好有台趕出貨的小發財車緊急煞車，差半尺就把我們倆輾成肉乾。

司機伯伯下車譙了幾句髒話，我拉著伯伯褲管，口乾舌燥，只回了「救命」兩字。

司機伯伯似乎耳聞過這座山頭的事，神色一變，趕緊幫我把紫荊扶上後車廂，和水梨混在一塊，要帶我們到最近的警察局。

我看著即使昏睡還是頭痛不止的紫荊，她的毛病不是司法能夠解決的。

「請問你能不能送我們到『道教公會』？」

「你們眞是狗屎運。」司機伯伯也相當緊張，催促我抓好，要上路了，「這批貨就是要送給公會當明天餐會的水果，抓緊啦！」

紫荊疼得雙唇發白，我憐惜地靠在她耳畔。

「妳說過林之萍福大命大，我們不會有事的。」

我抱緊她，不敢去看她一塊一塊脫落下來的頭皮，任由散落的青絲把我們糾纏不已。

□

照我從武俠小說看來的情節，招惹上邪教，哪怕只是一個年過八旬的普通茶棚老翁都有性命之危。司機伯伯也明白這個道理，不敢再多涉入這件事，把我們載到金碧輝煌的現代摩天大樓，也就是公會本部門口，就已經仁至義盡了。

我感激不盡，清醒過來的紫荊也屈身道了謝。伯伯是個好人，看著我們就像他自己的女兒被欺負，又去買了七、八個肉包給我們塡肚子後才走。

「夭壽，眞正夭壽。」他走前還不停地喃喃，被紫荊那頭悽慘的髮給嚇著了。

紫荊的腦袋像是颱風肆虐過的稻田，一部分沒了，殘留下來的部分從髮根開始潰爛。我把她掉落的頭髮用外套包好，扶著她走進一塵不染的華麗建築。

大廳挑高三層樓，相當明亮，服務台在大廳的另一端；等我們走近，總機小姐毫不客氣地掩起鼻子。

「你們有預約嗎？」總機小姐差不多四十來歲，滿臉輕蔑，我們還沒說話，就以爲紫荊一定是跟哪個野男人亂來才遭報應。

我發誓，等我老到四十，絕對不要變成這種尖刻嘴臉的大嬸。

「沒有，可我們很需要你們幫忙。」

總機小姐的濃妝臉滿是厭煩，看也不看紫荊一眼，我的心跟著冷颼一片。人生不如意事十之八九，難免遇到壞事，但最怕遇到壞事後又碰上沒有同理心的人。

紫荊抬手，勉強扶著大理石打造的桌緣：「我家還算有些財力，付得起委託費用。」

對方這才正眼看向我們，說了幾句爲難的官腔。

「可是這個月的處理案件已經額滿，我看看能不能把妳們排進下個月的清單裡，不過還是有點困難。」

我以前都是單方面和一宮一廟商量救人事宜，盡情地討價還價，但面對大企業經營的官僚公會，卻一時手足無措，反倒是火大到極點的紫荊比我還早反應過來。

紫荊問：「妳要多少紅包？」

總機小姐笑了起來。

紫荊二話不說，抓過那袋裝著她頭髮的布包，一把往總機小姐臉上砸過去；不只那張濃妝臉嚇得一怔，我也呈現癡呆狀態。

可能我只不過是看了紫荊的眼淚，和她脆弱依偎在我臂膀的模樣，就小瞧了這位友人的家族遺傳——儒家特有，寧死不屈的士人骨幹。

總機小姐勃然大怒，我皮皮剉地等著，而紫荊則是抬首環視這片座落在人間的化外之地，深深爲自己的命運嘆了口氣。

「之萍，先扶我到椅子那邊休息。」紫荊伸手過來，我恭敬地接過。即使落光髮，公主殿下風采依舊。

總機小姐還在原地惡狠狠地瞪著我們，想來她一定被許多有所求的客戶捧得老高，今天老臉卻被兩個黃毛丫頭給踩在腳底，撐不住老臉。

我們挪步到大廳中央的花圃旁，有點隱密又看得清楚進出的人。外頭有三個行蹤鬼祟的傢伙，不時往公會裡頭偷覷，很像我昨天在大便俠的地盤上見到的守衛。

看來那些人還是對公會有所忌憚，不敢貿然闖入，但這裡能給我和紫荊的庇護也只不過是那扇門而已。

我想起爺爺的傳奇故事，真的有能助人而不計代價，又強大到無所不能，即使犧牲性命也依然昂首挺立，只求不愧天地的仙姿人物？讓那個時代的人們深信這世上的確有神明，因爲祂/他就在自己眼前，不論王公貴族還是販夫走卒，只要有人身陷絕望，都會伸出溫柔不過的援手。

很可惜，就算有，也是三百年前的事了。

水晶質地的自動門開啓，一、兩個長袍道者談笑而來。我鼓起勇氣，決定親身去攔御駕，衝過去一把跪在他們面前。

「求求你們幫幫我們，功德無量啊，兒孫滿堂！」

他們不由得一怔，看向總機小姐。那女人只是惡毒地搖搖頭，他們便也露出愛莫能助的神情。

「公會有公會的程序，請按照規矩來。」

「可是她很痛，可能快死了，求求你們大發慈悲，我們不知道該怎麼辦才好！」

「阿萍！」紫荊在後頭吼了一聲，不准我爲她磕頭。

她是高貴的士族之後，不容許屈節折腰，而我不過是山村來的野小孩，這點委屈還受得了。

他們嘆了口氣：「我們之中沒人會解蠱術，妳請回吧。」

我不甘心，直揪住他們的袍子：「那你們有沒有認識的道長能幫忙，公會人才濟濟，一定會有，對不對？」

他們搖搖頭，還是走了。

我維持跪姿，不氣不餒，等著下一批受邀餐會的道士。

這次來了個黃袍法師，金邊的頭冠豎得老高，沒有一定地位不可能穿得這麼招搖，於是我又滿懷希望地去求。

那眞是高人，只淡淡地看了我一眼，又望向紫荊，斬釘截鐵地拋下一句：「沒救了，不要白費力氣。」

嘖，沒關係，還有下一位，不用理會紫荊在後面氣急敗壞地叫著我的名字。這世上，也只剩她會看不下林之萍作賤自己了。

不少人路過不見，有的甚至對紫荊的慘況笑出聲。我戰戰兢兢地伏在地板上，等候善心的有緣人。

來來走走十多個法師，有個道貌岸然的紫袍仙士已經往前走了數尺，卻又折回頭。我高興地仰起身，給他恭敬地磕上兩記響頭，他卻只給了憐憫的目光。

「她必死，而妳此生有緣無分，活著也沒有意義。」

這盆大冰水澆下來，不可不謂效果顯著，我從腦門冷到腳趾頭，連紫荊抱傷來捉我回長椅坐好，我都沒反抗。

「阿萍，好了，夠了……」紫荊抓住我的手，哽咽請求。

我忍著幾乎奪眶而出的淚，臨死前還敢翻人桌子的紫荊都認了命，那我爲什麼還要掙扎得這麼難看？

我知道生死有命，但要眼睜睜地看著身邊的人離去，我辦不到。

叮咚，自動門再次開啓，透進幾分陽光，這次的組合不像法師，而是惹上大麻煩的客戶，一個戴著細框眼鏡的大男孩，牽著年約十歲的長辮小男孩，愁眉苦臉地走進公會大樓。

那個戴眼鏡的年輕人，第一眼就朝我望來，疑惑地打量我們這兩個哭哭啼啼的女孩。他想上前探問，卻被身旁的孩子拉住，把他強硬地帶到服務台那邊。

總機小姐一看到年輕人，即原形畢露，砲火全開，扔出一大疊紅單子。就算那個晚娘惡劣至極，年輕人也不生氣，只是哈腰賠罪，長辮子小童無奈地撿起滿地紅單。

總機小姐吼著說，張大會長忙著主持宴會，等會議結束，年輕人必須親自去向公會會長道歉。

所以那一大一小，不得已也來到花圃旁邊的長椅等待。

以我八卦的程度，即使身處如此悲慘的境地，也沒辦法不豎起耳朵偷聽他們說話。

小男孩氣噗噗地罵道：「就叫你不要多管閒事，沒收入還被罰了這麼多錢。」

年輕人只是一股勁地傻笑：「唉，張大哥一定會體諒我，不然去跟娟姊借錢，娟姊最疼我了，沒有問題的！」

「廷君，你眞的要當一輩子的小白臉嗎？」

「青枝呀，說過很多次了，要叫我『爸爸』。」年輕人愉悅地說道。

眞人不露相，沒想到他看來跟我差不多年歲，小孩已經這麼大一隻了。

他冷不防地轉過頭，和我的視線撞在一塊。那是雙很特別的眸子，像是普通人的眼睛再嵌上一層極薄的透明水晶，熠熠動人。

我的心臟因爲這一眼，連著漏跳兩拍。

年輕人陡然起身，要往我們這邊過來，結果被小孩用力地扯住衣袍。

「你別管事，她們惹上很麻煩的東西。」

「可是我實在無法坐視不管。」

他毅然決然地走到我和紫荊面前。

「兩位小姐出了什麼事？」

「你想要什麼？」紫荊艱難地開口。

「我想要幫忙。」他老實承認，他帶來的孩子則在身後仰天長嘆，「別看我生嫩，那只是娃娃臉，在下月底就滿二十歲了。」

怎麼說呢，眞是超級年輕的啊！

看我們一點也不相信他，他有些傷腦筋，似乎經常受人質疑。

「這位小姐所患的是髮屍蟲，又稱『青絲引』，是鬼術的一種，將小鬼鎖入未腐爛完全的死人頭顱，培育出食陰氣而生的妖蟲，植入生人體內，藉以控制受術者。看樣子，對方已經發動法咒，三日不除，必死無疑。」

「你不用威脅我，我知道自己時日不多！」紫荊聽了大實話，忍不住崩潰。

「我不打算威脅小姐，我能救妳，請相信我。」

我出來給紫荊打圓場，她經歷這等歹事，脾氣暴躁也是應該。莫名地，我覺得這位小道長有些眼熟，他也跟著我歪頭，直對我笑。

我心頭又是一跳。林阿萍閱人無數，看過多少和他同年的男孩子，沒有一個能像他性格這般溫順。

「我林之萍，她楊紫荊，你是誰？」我想起最基本的招呼還沒打。

他還沒來得及回答，總機小姐（可能是我上輩子的老鴇）一發現我們攀談起來，立刻離開她的服務台領土，猙獰著她的嘴臉，怒聲咆哮。

「陸廷君，你眞以為公會不敢拔陸家的名牌！」

「阿姊，妳先別氣。妳既然拒絕她們的求援，那麼這件事就可以從公會獨立出來，當作是陸家的家務事。」年輕道長和氣地說之以理。

「我有說不管嗎？」早就叫我們去死的前世老鴇，賴皮地說道。

那雙細框眼鏡下的透明眼珠對總機小姐眨了眨；總機小姐似乎想起什麼，臉色鐵青，不敢再亂誣賴我和小莉莉。

「總之，不准！她們兩個小女孩身上榨不出多少錢，公會已經勒令你停業，你別明知故犯！」

他搔搔細柔的髮尾，感覺有一點放空，有一點個人的堅持：「我並沒有不把公會放在眼裡，也沒想到錢什麼的，實在是身爲修道之士，不能見死不救。」

紫荊聽了他這番發自肺腑的自白，也不再阻止我去逗人家小孩。我們兩個一昏一跪地在這間堂皇大樓待這麼久時間，只有他願意挺身而出，不可能不爲他這份義氣心折。

他連鞠三個躬，恭送被電話呼叫回去的總機小姐。然後回過頭來，伸手搭上紫荊稀疏可怖的頭顱，用指腹細細摩挲紫荊僅存的髮根。紫荊瞇起左眼，應該是感覺到痛楚。

「楊小姐，很抱歉，妳的頭髮恐怕是保不住了。」

「沒關係，這裡有現成的假髮。」我抓起頭上大把角蛋白，有了這些，在新髮長出來以前，紫荊不管要做火箭頭還是弄出女王塔，都綽綽有餘。

「不准剪！」紫荊一時激動難平，把我頭上的毛當作她自己的毛，「林之萍，妳要是敢把頭髮修到肩線以上，我就跟妳拚命！」

沒想到危難當前，紫荊的戀髮癖會大爆發。

年輕的道長咯咯笑著。也許是同年的關係，我們不太把這名救苦救難的笑臉菩薩放在心上。不過，從剛才總機小姐的言行看來，這個人絕非公會裡的無名小卒，肯定破壞過無數公物。

「之萍，麻煩妳扶楊小姐一把，我帶妳們到寒舍歇息。」

好是好，給了信任就不怕再被扒皮下來賣，只是總覺得有什麼地方怪怪的。

我和紫荊一起身，大叔給的那袋早點不小心落下；他幫忙撿起來，從容的神情因而顫動起來。

「這不是公會旁邊限量三籠的香筍肉包嗎？我今兒個不過遲了些，老闆娘就說全賣完了！」他抱著肉包子，好像它們是價值連城的珠寶美玉。

紫荊強撐起來，搭上年輕法師的肩。

「你要是能救我，我就把這五顆包子送給你。」

「成交！」

「廷君！」可愛的辮子小童失聲尖叫。

年輕人笑咪咪地，認爲剛談成一筆很划算的交易；他把一顆肉包剝成兩半，大的一邊先給了他的孩子。

「青枝，你的肉身光靠光合作用沒辦法維持，吃點好包子補充營養吧！小孩子吃得飽飽的，才會長高高。對了，要叫我『爸爸』喔！」

我目不轉睛地看著年輕父親爲了哄小孩進食，一小塊一小塊地扳開包子皮，拈到小朋友嘴邊；即使小孩再彆扭，也不得不含著他的指頭，把半顆包子吃光光。

不得不說，眞是個好男人！

紫荊幾乎把我的腦袋敲碎，我才回神。眞抱歉，差點爲了美色把朋友丟在腦後。

「阿萍，聽我說，不管他是不是法術高強的大師，他百分之百是個怪人。」

「小荊荊，妳精神好多了耶！」

自從剛才給年輕道長碰了兩下之後，紫荊已經不用再按著太陽穴強忍痛楚了。

「妳也聽到了，他負債，至少有一個小孩，工作不穩定，應該也沒有在讀書，不是一個可以倚靠的對象。」

紫荊常嫌家裡人古板，她竟然也受世俗所惑，眞是讓林小萍太痛心了。

我沒有那個意思，只是想多看人家兩眼，總覺得錯過這一次奇遇，以後在世上不會再遇到第二個像他這般的人物了。

「之萍，抱歉讓妳們久等了。」他牽著孩子過來，朝我款款笑道。我忍不住回以傻笑。

他要領我們出公會，我才想起門外有獵犬候著。

自動門一開，那些「教單」毫不客氣地圍上來。年輕道長神色依然一派輕鬆，反手按住腰間的長布包。布包露出一角，是墨綠色的劍柄，成功喝阻了對方三名粗壯的男性。

「之萍，帶楊小姐後退一些，我怕傷著妳們。」

他回眸一笑，林花瓶的小心肝怦然跳動。第三次了，不是我的錯覺，他喊紫荊「楊小姐」，卻直喚我的名字，我可以誤會一下嗎？

他拔劍而起，長劍往前凌空揮去，本以爲是個初步的下馬威，卻響起玻璃碎裂的聲響，兩片一釐米厚的自動門板被震得飛出門框，隨即在空中化成碎片。

聲音沒有停下，從大門蔓延上前，接著整面作爲公會顯赫門面的琉璃珠光外牆，頃刻間布滿如根系般的白色紋路，然後大牆瓦解成片板，足有三層樓高的牆面砰然落下。

大樓與外界的隔層被破壞殆盡，自然風大量湧進室內，捲起幾綹髮。紫荊叫我捏她的臉，不敢置信眼前這空曠的風景，於是我戳她捏捏，被揍。

那些教單流氓完全傻了眼，我想他們被派來捉拿弱女子的時候，心裡一定暗爽得很，從沒想過會碰上這麼強悍的程咬金。

「再靠近這兩位仕女，你們就是同個下場。」

「你是什麼人！」三名教單驚懼地大吼。

他那雙眼凜凜炯然，卻也與他一身的謙和氣質不相違背。

「吾乃陸家風水師。」

陸家，係指擁有將近千年變態傳說的道士世家，隸屬南派道教，順帶一提，多年前那名把年少的我從水中撈起的少年，也姓陸。

爺爺這麼簡述過他爲我作主訂下的未婚夫——當代道者無人能出其右。評價之高，直到我見到本人之後才有辦法想像。

「陸家道士？」為首的教單緩過氣來，顫抖地擺回架子。

「正是。」

「恩主公說過，陸家氣數已盡，不足為懼。」

他笑著踏近一步，三人就連退三步，以行動戳破對方的大話。

「你可知道我們是誰！」

他睜大眼，反問：「陸家的我會有什麼不知道的嗎？」

光聽這番自然而然的說詞，即知這男人和他牲畜無害的外表不同，懷有的實力非常值得恐懼。

「我們頭上可是……仙宮……」他們的聲音在抖，所以是「仙宮」還是「天宮」，我聽得不是很真切。

「嗯。」他善良地應了聲，讓他們繼續接話。

「說起來，你父親可是死在大仙手上，你還不知死活……」

公會門口兩棵討喜的金桔樹，突然暴長成大金桔，樹根撐破白石盆器，拔起纏住三個男人，強硬地往地下拖去。

年輕道長低頭看向身旁伸出幼爪的青衣小童，摸摸他的腦袋瓜，樹根才靜止下來，給幾乎埋進土中的流氓留著呼吸的口鼻。

「青枝，你不是不要我管事嗎？」

小青悶著臉不說話，年輕道長就把孩子抱起來哄，又揉又親，無視於三個哀嚎的男人和大片建築物殘骸，看得我一顆芳心都快抖出汁來。

唔啊，好男人！

「之萍，我們走吧！」他把孩子攬在胸前，過來招呼我和紫荊。

我二話不說，拉著不停搖頭喃喃「這不是眞的」的紫荊小姐黏過去，與他相視而笑。

臨走前，後頭有人喚住我們的帶子英雄。

聽送梨大叔說，今天是公會的餐聚，所以各路法師都來了；想來，剛才的騷動讓他們放棄了美味的歐式自助餐出來看熱鬧，大廳已被一群穿著道袍的成功人士，擠得水洩不通。

「廷君，你把公會的門砸了，就這麼走了嗎？」其中有個朱袍男人，三十來歲，幾乎要哭出來般地質問陸家道士。

他「啊」了聲，不好意思地笑了笑，對朱袍男子雙手合十。

「張大哥，對不起啦！」

我心想，眞糟糕，連道歉也這麼可愛。

原來，那個朱袍男人是傳聞中的張天師，也就是公會之長，雖然看起來快要崩潰了，但是兩、三句話就控制場面的魄力，實在沒話說。

老鴇總機搶在張會長過來盤問之前，先貼上去告狀，聲聲懇切，講得像是我們活該下地獄。

我不抱期望，因爲本來以爲張大天師會和那些見死不救的世外高人沆瀣一氣，沒想到他聽老鴇說完，又耐心地過來採證陸家道士的說詞，思考過後，決定採信君子而非老鴇的說法，對我們兩個女孩表示歉意。

「請原諒他們，我旗下許多子弟也常在俗世裡被無情對待，世道已不同於往昔。」

我聽他以道士會長身分解釋屬下的無禮，雖然可以諒解，但紫荊可從來沒有去欺負過任何與眾不同的孩子，她又何其無辜？

「張大哥，這案子就請你轉交給我，我會保護好她們。」陸家道士挺起胸膛。

張會長嘆口氣，默認陸家道士的提案，又問：「那你要怎麼賠我門和牆？」

「嗯？我有道歉。」他燦然笑道，再真誠不過。這句話我要學起來。

「廷君，我說過很多次，弄壞東西是要賠錢的。」張會長循循善誘，就像幼教老師教導小朋友上公共廁所前要先敲門喔。

「這樣啊，我下次一定會記得。」陸道士乖巧地笑笑。

我看著張會長默默對外頭的藍天放空了一陣。

「廷君，你回去畫五百張辟邪符，下個星期拿過來。」

「好的。」

看來，這是張會長想出來的折衷方案。即使公司被轟掉一面牆，也沒有臉紅氣粗，而是理性地判斷事件經過，還把犯人當成自己的弟弟般教育，也是個好男人。

張會長本來要回去善後，走前突然回頭問我一句：「妳說，妳姓林，林金盞是妳的？」

「我爺爺。」我賣乖地笑笑。

張大天師臉色一變，把陸家道士拉到一旁，進行男人間的對談；兩個人嘰哩呱啦地說了一堆，通常是張會長問一句，陸阿君答一句。確認好所有細節，張會長就把公會交給大他許多的副會長，然後拿起車鑰匙，要開他的賓士車送我們去陸家。

這眞是莫大的榮幸，眾人譁然，十多道目光往我掃來，可是我確定臉上沒有飯粒。

「你們談了什麼？」我們在沒有門的門口等車時，頭上包好淡紫絲巾的紫荊，代我的好奇心問了帶子英雄。

「祕密。」他偏頭笑了笑。這句話我也要學起來。

車一來，陸阿君就抱著陸小青貼在賓士車門上。

「哇，青枝，你看是車車耶！」

紫荊冷不防地在我耳邊私語：「阿萍，妳就喜歡這類型的智障嗎？」

「什麼智障？那叫天眞無邪。小荊呀，我看錯妳了，妳怎可這樣說我倆的恩人？」紫荊怪叫兩聲，好像在悲嘆我看男人的眼光。

廷君（因爲他叫我之萍，我也叫他廷君，嘿嘿）本想抱著小青坐前座，可是張天師板著臉叫他放開孩子，他不得已，只好跑來後座跟我們擠；紫荊覺得這樣好蠢，於是自動往前座挪。

雖然對不起紫荊，但這樣我就能盡情地玩小青了。

我和廷君中間夾著小青，阿君牽著小青的手，我爲了對稱，也去拉小青的手指。小青的手指細長漂亮，像是美味的小鳳爪。

小青生冷地瞪著我，黑玉眼瞳漸漸化成翠綠眸色。

「眞漂亮，這也是魔法效果嗎？」

「青枝是森林小妖精。」廷君朝我微笑地說明。

我當下不知道他的說明就等同於字面意思，以爲那只是個美妙的形容，還是吵著要擁有千年歲月的神靈叫我「姨姨」——難怪後來壓著阿夕叫我老母會這麼順利。

小青沒理我，我發現他在人前總是沉默，只有和廷君單獨相處時，才會用他清脆的嗓子說個不停，眞是個害羞的小精靈。

「我能不能啾一下？」小青那白裡透紅的小臉蛋，愈看愈可愛，姊姊快受不了了！

紫荊可能是因為冷氣太冷，在前座用力咳嗽了兩下。

小青往廷君移過去一些，那時候後座還不用繫安全帶，我也挪過去一點，看他凶惡的綠眼睛漫上水光，然後整個人撲進爸爸懷裡。

我乾笑一聲，不小心把人家的小孩玩哭了，好在廷君沒跟我計較，溫柔地摸著小青的腦袋安撫。

「眞好。」好想要可以盡情疼愛的可愛小朋友。

廷君聞言，空出一隻手摸摸我的頭。我瞪大眼，他回以再自然不過的微笑。

「之萍，如果妳不嫌棄，我們可以一起養小孩。」

多年前匆匆一瞥的未婚夫，突然表示可以在喜帖的新娘欄位上簽名囉，雖然缺乏鋪陳，但這眞是林之萍這輩子聽過最浪漫的求婚詞。

我忘記當下自己答覆了什麼，只記得模糊醒來，已經略過牽手的步驟，熟練地靠在他的胸膛上睡覺。那雙臂膀環過我的肩頭，毫無保留地把我攬在懷中。

半醒間，依稀聽見前座的紫荊和張天師，正以代理兄姊的身分討價還價。

「我看他們挺相配的。」張天師眞是個好人。

「我倒是認為他們湊在一塊會毀滅世界。」紫荊堅決反對婚事。

因爲我睡得很熟，路上風景都是紫荊轉述給我聽的，她說從未見過如此碧翠的山頭，林子和風共奏出自然的旋律，就像是活生生的一樣。

廷君悠然地回應：「是活生生的沒錯。」

可是，問題就在紫荊根本沒把內心的感動說出來，而是像瞪著蟑螂般地瞪著自然而然接了她內心話的恩人。張天師規勸了陸家道士兩句，廷君就抱著小青安靜地反省了一路，而我則睡得像死豬。

張天師回去時，我依然沒醒，他還特別吩咐廷君照顧我。任憑紫荊怎麼追問他和我的關係，廷君都只是傻笑。

他整理出客房讓紫荊休息，卻把我抱去主臥室放著。他在倉庫翻找能解紫荊頭髮詛咒的解藥，意外翻到我爺畫押的婚約。

紫荊沒睡，提起精神把家長認證的婚書看了兩遍，不由得淌下兩滴清淚。認爲要不是她亂植髮，好姊妹林花瓶就能好好地享受她招蜂引蝶的大學生活，不會二十歲就被綁死在一棵樹上，她對不住我。

說到婚書，聽說我家那張女方備份的，早早就被我爸媽伯姑叔聯手燒掉，就是不讓我嫁給特異功能者，但爺認為我天生就是有和妖魔鬼怪糾纏的命，保險起見，還是找個好男人來看顧我比較妥當。

正夢著他們一群大人和爺爺鬧脾氣時，紫荊掐著我的脖子，試圖搖醒我或殺了我，我唉唉叫地醒來。

我醒來後的第一件事，就是帶紫荊去屋外的浴室洗去一身泥沙。她從小在有熱水器的現代化家庭長大，不認識沒燒柴就沒熱水的山中古宅。

我點了煤燈掛上屋角，把冷泉灌到浴桶中，再添進燒開的熱水，確認好水溫，扶著赤裸的紫荊入浴。

她頭頂還包著絲巾，我告訴她，中世紀歐洲貴族仕女也流行剃光頭戴假髮，她潑了我一臉水。

我在旁邊平台用冷泉沖澡，順手拿了擱在地上的香皂抹抹洗洗，聞起來就像廷君的味道。

「之萍。」

「客人，須要抓龍嗎？」

「誰問妳這個？」紫荊白來了一眼，「妳眞喜歡那個男的？」

我背對紫荊點點頭。現在嫁進去，就有現成的小青可以玩。

「妳是笨蛋嗎？妳連他的來歷都不清楚，就打算把心捧過去嗎？」紫荊滿腦子都是我的事，也不關心一下她那顆大光頭，「聽我的話，妳先不要放感情下去，等我三天沒死成再說。」

「荊姊姊，上蒼已經派了英雄過來，妳絕不會死的。」

「發生那麼多事之後，我更擔心妳了，妳要是能長得平凡點，利己一些，我也不用擔心妳被男人欺負。」

她望著我的眼神好溫柔，我不由得靠過去，讓她用手指撩撥我的頭髮。

「可是如果我沒這麼好，妳就不會愛上我了啊！」

「妳不要亂插話，我愛貓愛狗，也不會愛上神經病。」紫荊雖然嘴上這麼嫌棄著，手卻沒有從我的長髮移開，而是像筷子和麵條，相親相愛地捲在指尖把玩。「妳容易被感性沖昏頭，但妳不能急，最好是已經相熟到他的一切妳都明白，還有最重要的一點，就是對方要愛妳勝過妳愛他。」

「這很難吧？」我吹了顆口水泡泡，這樣的人已經全埋進我家祖墳裡頭了。

就算掉光三千煩惱絲，一見我對他人動心，紫荊還是像自家姊姊般，代替我去想太多。

正巧，我們美人出浴歸來，陸家父子也在討論婚事，遠遠就聽見小青激動的聲音。

「廷君，你眞要娶她？」

「我和她在一塊的話，她就能平順安樂地過完一生，也能照顧你和接下來的弟弟妹妹，很不錯呢！」

「先別管我會不會有弟弟妹妹！收起你氾濫的同情心！你要娟姊怎麼辦？」

我心頭一動。紫荊使眼色給我，她就是擔心這個。在她看來，廷君太過習慣照顧女性，身邊一定有十分親近的女子。

小青發現了我們，立刻閉緊蚌殼小嘴，不再吭聲。廷君起身相迎，他換上了一身素白長袍，翩翩地曳行而來。連紫荊都看呆了三秒，可見林小萍還是很有眼光的。

「之萍、楊小姐，我找到陸家獨門治蠱的祕方了。」

聽到這等好消息，我抱起紫荊的腰連跳兩下。

廷君解釋道，南派的陸家能有解藥，多虧先祖雲遊四海時曾與苗人交手，挑了人家的寨，泡走寨主的未婚妻，威脅人家弄個可以解各種蟲蠱的萬靈丹，不然就要召雷劈死他們的神樹。

小青身子一抖，似乎想起什麼不好的回憶。

「你祖宗眞是個渾蛋。」紫荊就算是受惠者，也不改犀利口吻。

「常有人這麼說。」廷君謙卑受下，「楊小姐，我無法以醫學的層面說明清楚，妳就想作髮既是非人的髮，對症下藥也只能行非常之藥。」

紫荊臉色有點難看，她聽得出來廷君正在給她做心理建設。

廷君回頭捧出一個陶甕，甕身漆了像是小孩子塗鴉的釉彩；乍看之下，會以爲是無害的糖果罐。

「其實，世上沒有能解全毒的萬靈丹。啊，藥之主或許算是一帖，不過已經被我祖先設計過，連帶失去了神力。我祖先當初討來的解藥，恰恰就是針對青絲引，所以妳不用擔心其他副作用。」

「能不能給我個痛快？」紫荊雙眼緊盯著廷君在陶罐上摸索的手。

廷君露出安撫的笑容，拿出驚嚇箱中的大黑蜘蛛，登登！

紫荊有點軟腳，已做好最壞打算的她，眞正出現最壞的東西，大概就是她此刻複雜的心境了。

廷君手指繞著大蜘蛛周圍的白絲，請紫荊等下休息時平鋪在頭頂，可以吸收頭皮殘留的邪氣，加快修復速度。

紫荊答應得好快，一知道原來不用跟蜘蛛親密接觸，說什麼她都能接受。

「然後，把這隻吃下去。」廷君抓著蜘蛛的兩隻腳，當絨毛玩具晃晃。

「啊哈哈！」對不起，我笑出來了。

「不，這一定有哪裡不對！」紫荊不願意面對可愛的大蜘蛛。

「認眞說來，這不是蜘蛛，而是塞了藥引的蜘蛛容器，我祖先喜歡嚇人，不過還是要連殼吃才有用喔！」

我從來沒聽紫荊爆粗口，但她一連破音喊了三聲。

「他媽的，你祖先有病，渾蛋、大渾蛋！」

「紫荊寶貝，遷怒是沒有意義的。」

「之萍，那就麻煩妳架住楊小姐。」廷君帶笑逼近。

我照做，一夜沒睡的紫荊，完全不是我的對手。

「林之萍，妳這個見色忘友的小人，我恨妳！嗚——哇啊啊！」

據紫荊後來供稱，那段恐怖的餵藥記憶，她已全從大腦中剔除乾淨，也不許我再提起半個字。

我和廷君同心協力把昏厥過去的紫荊抬去放，並肩回來後，我才想到這不就是孤男寡女共處一室？必須找個打破沉默的話題。

「謝謝你提供我們衣服，這件袍子眞好看。」我拉起裙襬搖兩下。

這麼問可是暗藏心機，偌大的宅子裡只有廷君和小青，那麼女裝十之八九來自「娟姊」，我試著想從他口中套出情敵的消息。

「生我的那個女人和妳一樣，也是個美人。」他含笑誇著我，但我聽得萬分不對勁。

「啊，是你母親的遺物？」我猜錯了，而且似乎踩到他不可告人的隱處。

「那個女人生了我，但不是我母親。」他向我鄭重澄清，剛才並非一時口誤。

「這不是你否定就能抹去的事實。」我那時候一整個白癡，從衣服推斷出他過去的老母曾和他在同一個屋簷下相處過，不是養母、生母的問題。

自己的童年過太爽，還眞以爲天下無不是的父母，想要解開他的心結。

「之萍，妳的心地眞善良。」他握住我的手，一點也不責怪我雞婆。

我被他握得有些腦熱。和他在一起，我三番兩次忘記原本想說的廢話或重點，只能順著他的話尾接下去。

「你才是大好人，連救了我兩次。」

「不用客氣，我只是回報白派當初對陸家的恩情。」

「白派？」

他那雙透明的眼睛眨了眨，看我一臉困惑，瞬間驚恐地捂住漂亮的唇。

「青枝，怎麼辦，我竟然又洩漏天機！」

廷君轉而撲向對他翻白眼的小青。從小青的態度來看，這並非他第一次作孽。他拉起小青的手爪子，要他好好教訓爸爸，省得下次再犯，但不一會兒就自個玩起小孩，還玩得很高興。

「呼呼，青枝你好可愛！」

他再回頭過來時，臉上帶著盡興逗弄孩子的滿足笑意，犯錯的慌亂也被拋在腦後。

「之萍，妳忍忍，我要修正歷史，痛一下就過去了。」廷君笑咪咪地握住拳頭，目標好像是我的腦袋。

「等等，有話好商量！」

從剛才紫荊血淋淋的例子來看，我強烈懷疑他說到做到。

「抱歉，我說溜了很不得了的東西，對不起各位前輩。無論如何，一定要讓妳失憶才行。」

「我的記性跟魚一樣，你說了什麼，七秒就不記得了！」

「是這樣嗎？」他歪頭，我點頭，「之萍，妳也發現了，我能通心。」

「小君君，你不能當不知道嗎？」我悲憤搖首。

「修道之人，不打誑語。」他遺憾地說道，然後一拳過來。我眼前一黑，隨即不省人事。

要知道我林之萍這輩子，四處拈花惹草，玩弄人心於股掌，唯獨對我的初戀實在毫無招架之力。

□

等我幽幽轉醒，見自己枕在細框眼鏡的古典美男腿上，那雙水晶眸子盈盈彎著，我還以為是春夢的序幕，他卻一邊揉著我腦袋的腫包，一邊說起鬼子的脈絡。

閩粵尚巫，與死者通，因而兩地移民大宗的蓬萊仙島社會，也把鬼放在祭祀的重要位置上。

當時，漢人民間有著相同的默契，隨便抓個人問說死了會變成什麼，大半回答是鬼，委婉的說法叫「作仙」。雖然神鬼對大多數人來說，一樣虛幻不可見，但比起神，鬼總是比較容易碰觸，進而取得利益。

但正統來說，能通神的修道者，地位遠大於役鬼的術士，一方在公會受人景仰，一方卻必須轉往地下，貼上邪魔歪道的標籤。而就在公會大師們用鼻孔看人時，不受公會法則束縛的邪惡術士，反而能盡情發展，就算不當斂財被發現，只要從信徒龐大的捐獻拿一點出來繳罰金，就能含糊過去。

縱容從來只會讓慾望和野心蓬勃發展。

「張大哥很爲難，要是他沒有十全的證據指控他們有罪，那些人就會動用背後的政商關係打壓公會。會縱容的不只是公會的執法者，還有我們試圖想保護的凡人；他們以爲功捐行善，死後才知道是爲騙子揹人命。」

說起來，大便俠能夠這麼有恃無恐地對紫荊動手，也是那些西裝筆挺的信徒養出來的好教主。信奉一個眞材實學的異能者，與跟到一個大壞蛋，並不相衝突。

廷君看著房子一角，但又不像是看著，好像在和大宇宙通頻一樣，目光迷濛也很迷人。

「仙宮找上了他，事成之後，讓他得道成仙。」

這事件的結局，如果是讓大便俠歡喜昇天，那我下半生就倒立走路，眞是太沒天理了！

「他想到結合蠱術的手段，百般實驗，終至成功地將死魂鎖進胎兒，成了陰間無法界定的活死屍，孩子又是自身的血脈，他大概以爲這樣就能操縱鬼子，但他根本不明白什麼是鬼子。」廷君兩手伸向前，像在捧著什麼，「死了好多孩子……小寶寶……很痛苦……」

我坐起身，離開他，他的神志才清醒回來。

「妳和他接觸過，所以我能從妳身上攫取他的意識。」他淡然抹乾眼眶中的淚，「我絕不會放過他。」

「他那種奸人，就算我和紫荊和他對質，他也只會抵賴到底。」

「公會需要證據，陸家不用。」

我第一次看到有人能用這麼光明燦爛的態度說要動私刑，身子扭了兩下，還是躺回他的腿上。

「廷君，鬼子究竟是什麼？」我抬手撓他額前的髮，他輕輕笑著；這麼甜蜜的氛圍下，連帶我對鬼子的印象也不會太壞。

「我們視自己的根源爲父母，鬼子認爲生命的源頭即是鬼。」

「就這樣？」

他沉吟了好一會兒，分明的雙眸眨動兩下，「嗯，就這樣！」

我後來才親身體認到，光是該孝敬的對象不同，想法和行爲就會有所差異，但把我大兒子那團人捉來和其他同年的孩子比較，好像也就這樣了。

「神子又是如何？」

廷君笑咪咪的，兩手在半空做出擠壓的動作。

「像麻糬一樣的孩子，很可愛呢！」

我後來又親身驗證了這一點，成天擠壓小七的頰肉，可愛得讓媽媽無法自拔，廷君眞不愧有神算之名。

我們聊了一整晚，就像認識許久的老朋友，都不覺得疲累。

我得知「娟姊」是名大學教授，不信鬼神，如同從小自學的廷君不懂專業學術用語，他們都是用彼此眼中的問號交談；即使如此，娟姊也不當他是騙子，而是悠遊江湖的小弟弟。從他深情的敘述裡，可看出娟姊對他非常重要。

明明早察覺到端倪，但還是忍不住反覆去想，跟他在一起一定非常幸福。

「廷君，我不能生小孩，那個婚約，還是作廢吧？」

他又摸摸我的頭。

「說來慚愧，我當初就是看上妳命中無子，才去討這段姻緣的，因爲我也不能有孩子。」

他說起來好悲傷，那麼喜歡小孩卻不能要，我忍不住問了爲什麼。

「我的血脈會誕生出『混沌』，無可避免。」

他這樣屈服於所謂天命而不去爭取，可是會從大道士降成大便俠等級的。

「總比連屁都生不出來好吧？」我爲了安慰他，甘願自貶。

「他不是善類，但也不是人們定義的惡徒，哪一邊都不是他的歸屬，也沒有可以停留的地方，只要他所在之處，原本維繫的秩序法則就會被破壞殆盡。」

我無法完全理解廷君的憂慮，只知道他眞的很喜歡小孩，包括那個他想要避免出世的親骨肉。他話裡的痛苦，不是因爲自己被詛咒有這麼個孩子，而是替那個連形貌都沒有的骨肉難過。

他說，他沒有辦法忍受那孩子剜去身爲人的心之後，再笑著說自己不寂寞。

如果人活著只有苦痛，還不如不要來到這個世間。

很久很久以後，我遇見他的孩子，對我款款笑說，他希望自己不要出生到這個世界，不存在比較好。

廷君要是知道了，一定非常傷心。

□

大清早，我看廷君在床邊換上青綠色長袍，紮起的髮尾繫上紅色流蘇，回眸又是一笑，我也忍不住對美色傻笑。

廷君哄著在門外的小青進來，小青也一身青衣短袍，露出纖細白皙的四肢，散著長髮，碧眼直瞪著我，似乎忌憚爸爸房間裡有另一個女人存在。

小孩叫不過來，年輕爸爸就過去了；廷君把小青抱在膝上編辮子。

可惡，眞的好想跟他一起養小孩喔！

「之萍，我今天要帶小青去主持公道，就麻煩妳在家裡照顧楊小姐。」

我像個當家主母，把他們父子送到門口，一派賢淑地揮手說再見。

經過大便俠的血淚教訓，我這次沒有巴上去湊熱鬧。現在林花瓶的第一要務是把紫荊養好，只是沒想到當我轉過身時，原本古色古香的廳堂卻突然變得陰森一片。

「妳就是勾引主子的陰毒女人？」

沒有人，是房子的「共振」在說話。

「殺了妳。」這屋子的行事作風眞是太乾脆了，兩句話就給了理由和目的。

我才知道，要泡上一個有特異功能的好男人，必須先和他的祖厝生死鬥。

地板一條條彈起，像是演奏中的鋼琴黑白鍵；我滑壘閃過，直衝往紫荊房間。

紫荊正在梳妝鏡前端詳頭頂長出的細髮，連之前少髮的額際都冒出新芽，不禁露出迷人的仕女笑容。

「紫荊，小心！」

紫荊以爲我發神經，等她回神看向鏡子，竟赫然冒出血淋的人頭對她咧嘴而笑；紫荊一口氣沒換過來，差點嚇死。

「這房子仇女！」

「什麼什麼！」在紫荊反應到物質成靈的奧妙之前，我抓著她的手往外狂奔，從大白天鬧鬼祟的古宅中脫逃出來。

本以爲能就此鬆口氣，腳底下卻震動起來，還依稀聽見「去死」的詛咒聲；這整座青山竟然和鬼屋是同夥的。

我想到紫荊昨口與廷君的對話，廷君燦爛地笑說：「都是活生生的呢！」又是一句如字面意義的大實話。

我們兩個弱女子，被地震和落石逼到東向的斷崖，眼看前方只有一直滾過來的巨大山石，對比起來，身後不見底的山崖變得好親切。

「You jump！I jump！」那時候還沒有「鐵達尼號」，我情急之下自動生出經典台詞，「放心，好人跳崖不會死，說不定還能練到絕世武功！」

「這世界到底是怎麼回事！」紫荊抱頭慘叫，「林之萍啊——！」

我們終究被大石逼去自由落體。

事實證明，一向說屁話的我竟然是對的，這才是陸家奇遇最不可思議的地方。我和紫荊除了屁股有點痛之外，竟摔得毫髮無傷。

我們墜落的地點相當微妙，很像前天晚上才脫逃出來的道觀與幽林的交界帶。我懷疑，這是因爲鬼屋和妖山不爽我們兩個女的把他們年輕貌美的小主子牽扯進事件，教我們敢作敢當，要死自己去死。

我再次端詳道觀，總覺得哪裡不對，似乎是外牆的藤蔓植物長得太過茂密，而且還以肉眼觀察得到的速率持續茁壯中。

視角再拉高一點，定格在道觀弄成栗子狀的通天塔頂，小青像件小毛裘掛在廷君背上，而廷君則雙手持劍，銀亮的劍身朝下，像是在向天地虔誠祝禱。

他舉起劍，日光在劍上折射出七彩，恰恰映照在他恬靜的面容上。

長劍落下，牢實地扎進金漆的屋瓦；高塔開始崩落，教徒倉皇逃出。

廷君人就在塔上，卻不慌不忙地跟著建築物下墜，衣袍與髮隨之揚起；我沒看錯的話，他好像在發呆。小青不知不覺從他背後消失，取而代之的是從底下竄出的擎天巨木，往天空延伸的枝幹，安然地托住廷君。

少女們被樹枝從黑暗的房間拉出，包覆在綠叢間，免受崩塌的高塔傷害。

我正要爲廷君喝采，紫荊卻按住我的肩，把我往後拉去。大部分的教徒從前門跑掉，作爲主謀者的大便教主，卻灰頭土臉地往後山走，一臉陰鷙。

「是妳們壞了我的好事？」

紫荊瞪他，而我則連著揮手否認，然後指向玉樹臨風的陸阿君。

不過，不是我在說，枉費他自稱大變之聖，這麼簡單就被人家幹掉，太令我失望了！

「我好不容易收集到陰時受孕的胎兒，那些都是供鬼子棲息的容器，看看妳們做了什麼！」教主大人看起來精神狀態不太穩定，說話時噴出大量唾沫，雙眼布滿血絲。

「民女惶恐！」我怕一個不小心刺激到他，不敢呼喚廷君，拉著紫荊往後退。

我們退到林界，這個場景有點熟悉，難道前晚的獵殺遊戲還要再來一次嗎？

他盯著我，森冷一笑，我毛骨悚然。

「妳的頭髮好美，砍下頭，就能再養出引蟲。」

我忍著不回嘴，紫荊卻爲我震怒，用力叫他去死。

「爲了不讓陰鬼流竄於世，使人間墮成煉獄，請妳爲大道犧牲。」他又再度變回道貌岸然的教主大人，害我都想相信他了。

他的邏輯思路有點長，首先砍下我的頭，用我頭養蟲，再用蟲去控制下一批無辜少女的身體，少女就又會爲他懷上孩子，孩子可作爲鬼子的容器，這樣他就可以把鬼子收爲己用，進而統治世界。

我們的結論看似不同，其實殊途同歸，他的大道就是踩著人命往上爬，和一般懷有野心的男人沒什麼差別。

我眼底洩漏的不屑，不慎激怒了對方；好在在他動手前，廷君的劍及時架在他頸邊。

「到此爲止，好嗎？」

教主扭著脖子，對廷君露出獰笑。

「我比你陸家早一步探得天機，你就想來分杯羹，是吧？」

大師的話總是藏著百般玄機，連冰雪聰明的我也得想上老半天；幸虧他對上的是廷君，對話才不至於間隔太久，陷自己於尷尬。不管是教主知道的還是他不知道的事，廷君都知道。

「你們夢想成爲神，但從來沒有役鬼的神，與你們合作的那一位有心欺瞞，你的所有努力都只是爲他人作嫁。」

「我是爲了拯救蒼生！鬼子就要入世，世界將至末日！」都到這個地步了，教主還是不放棄救世主的虛名。

廷君很有耐性地勸著，要是我，早就打得對方頭破血流。

「蒼生不會因你捉了幾隻鬼就獲得救贖，而你在這之前，已經殘害太多性命。其實你並不在乎自己以外的人們，你認爲凡人也都和陰鬼一樣愚蠢下賤。」

教主的喉嚨發出嘎嘎怪音，廷君沒有一絲譏諷，只是實話實說。

「若人間入冥道是天意所趨，憑你一人也改變不了，因爲之於世界，你實在太弱了。」

紫荊由衷地發出讚嘆。君子光是說實話，就能逼死一名神棍。

教主冷不防地握住廷君的劍，轉過身，把對我的注意全部投注在廷君身上，發現他更有死命一搏的價值。

「好個陸家道士，可是你認識人，有我認識得深嗎？你確實強大，可是你不敢殺人。」

教主把劍尖抵向胸口，廷君下意識地收劍，教主趁勢撲了上去，大口一張，成千上百的蟲子鑽出，就要湊到廷君嘴邊。

千鈞一髮之際，背後的林子噴發出比平時濃烈數倍的氣味，本來興奮蠕動的蟲子，被濃縮芬多精熏昏了大半。

廷君被教主壓在身下，即使差點慘遭強吻，他仍然神情自若，拍拍教主的肩膀，有種愛莫能助的意味。

青綠色藤蔓纏上教主的四肢，把他蠻橫地扯離廷君，摔得灰頭土臉。

小青現身在廷君肩頭，側臉靠著廷君耳畔，碧眸半垂，長髮如瀑布般瀉了一地，也就是揪住教主胖軀的藤蔓源頭。他的髮化作青色的細藤，接觸到地面的部分慢慢生出細鬚和葉；這不是邪術，而是真正活著的頭髮。

紫荊看傻了眼，比我晚一天發現小青不是一般的孩子。

「山林之主？」教主被青絲五花大綁著，對小青驚恐地喊道，「陸家什麼時候拿下『自然』？」

小青不理他，只是環著廷君歇息，似乎有些累了。

「你眼中只看著人鬼，忘了無聲的自然也需要尊重。爲己欲而大興土木，向寶島山林謝罪！」廷君凜然列出最後一條罪狀——亂蓋道觀，破壞水土保持。小青跟著用力點頭。

「我不甘心！」教主在自己的慘叫聲中被拖進林子裡，終至無影蹤。

□

教主失蹤，教徒跟著四散，還從道觀地下室找到十來具囝屍和女屍。

我和紫荊到警局作證，有個採訪記者以爲我們是受騙的被害者，一連逼問我們怎麼會相信獻身於人就能得到幸福。那個記者後來被我和紫荊在廁所裡聯手蓋布袋，誣衊女孩清譽和智商，不可饒恕。

不過，記者那句話倒是沒錯，幸福沒那麼簡單。

信徒小姐蒼白地坐在局裡一角，警方懷疑那些人命與她有關。沒有家人來看她，只有廷君坐在她身邊，和她說了很多話。她哭出來，抱頭不停地道歉。

道界把被術者控制的凡人視作被利用的器具，在他們眼中只是過失，但信徒小姐還是要面對司法審判。反觀教主，因他不是眞正登記在人世的人，連身分都沒有，司法無法治他罪，只能靠異能者伸張正義。

廷君買了一袋包子回來，把睡著的小青交給我看顧。我問他爲什麼不一起來吃，他說要先去打個電話。

公共電話就在警局外邊，我一邊撫著小青的髮，一邊看廷君對電話彼方露出的青澀笑容。紫荊用力敲我的頭，叫我清醒點。

他沒多久就沮喪地回來；那個女子一聽見他遇到未婚妻，還把人帶回家了，就失手掛了他電話。

「我以爲娟姊會高興。」

「你是笨蛋嗎？」

廷君抱回小青，水晶似的眼瞳凝視著我。

「廷君，我再兩年就畢業了，到時候，如果你身邊還沒有人，我們就一起養小孩。」我斗膽拿了一點眞心出來。家人過世後，不知不覺變得膽怯，但他讓我耐不住心癢，逼自己小賭一把。

「之萍，妳一個人……」

「雖然我眞的很欣賞你，但絕不會像你說的，沒有你就過得不好。」

我想有些瞬間，我在他心中應該有壓過「娟姊」的身影。

「妳一個人……」他重複著同一句話，深深憐惜著我，我後來才想到那是他的金口預言。

我握了握他伸過來的手，可以攤開整顆心給他看。

「廷君，不是我自誇，我一個人也能過得很好。」

□

不久後，他就告別我和紫荊，帶小青去追蹤鬼子事件。我們見到的教主只是冰山一角，背後那團陰謀還沒有被眞正揭開。

經此一別，我就再也沒有見過他；就算他再夢幻美好，也慢慢從記憶中淡下。

我給紫荊送機時，長髮烏亮的她，還語重心長地叫我忘了那個男的。我反問她哪個男的，害她氣得罵我沒心沒肺。

再想起他，都是因為遇見了美好的小男生，對方總叫我「天平夫人」，是小七上輩子的拜把哥兒們，這輩子的歡喜冤家。

可能有兔子的加成威力，我和初戀情人的兒子緣分還不淺，一連碰上好幾次，還有過夢中千里來相會。

這天，我下班偶然經過搭喪棚的人家，都市已經很少在自家辦喪事，比鄉下那種公然佔了半邊路的規模小上許多。喪家門口擺滿白色百合，只請了一名誦經師父，和一般嘛哩叭哩不同，聽起來像在吟詠詩歌。

我佇足了一會兒，小師父突然轉過身來，就這麼對上眼，他爛漫一笑。

我等他休上，請他喝下午茶。大半時候，他那雙微長的睫毛都擱在琉璃眸子半中央，要睡不睡的樣子。

「夫人，近來有何煩憂？不妨直說。」

我自從地府回來，年紀一掉十八歲，偏偏阿夕和小七都看不出來，我也不知道怎麼跟白仙兔子說明，要是他又以為連累我，害他哭哭，我可受不了。

「夫人，微笑。」他從牛仔褲口袋掏出印泥盒，又拿出一支小楷，把筆頭舔尖，沾了點紅泥，細細畫起我的臉。

待他完工，我掏出小鏡子端詳，又是堂堂四十歲的美麗大嬸。

「小安，你和你爸爸真的很像。」都對女性非常溫柔。

「哪有？」他略略噘起嘴，幾乎要犯滿下場。放眼這世上，能和我家小七兔比拚的小男生，也只有他了。「大平夫人，妳就答應他吧！」

任憑我聰明蓋世，一時也接不上能和未來通頻的神算大仙思路。

「紅顏易老，青絲白髮，佳婿難得。」他伸手掂了掂我不見白的髮鬢，好似為我惋惜不斷從指間流逝的韶光。

我捧茶的手指有些顫抖，擠出一記順其自然的微笑。

「夫人，一個人這種話，終究只是癡人說笑罷了。」

《陰陽路》卷七　完

下集預告

陰陽路 08

籌備良久的校慶公演終於要到來，
但直到公演前夕，阿夕的嗓子仍是嘶聲瘖啞，
加上老王求婚，林之萍為今夕的種種反應提心吊膽，
太魔王卻只要求她出席公演？

在台上任情揮灑、火光四射的同時，
台下人群間卻暗生波濤，
這時，他們都還不知，
這狂亂的情感將引爆震動天地的生死劫難……

《陰陽路》卷八，結束是新的開始？
敬請期待完結篇登場——

國家圖書館出版品預行編目資料

陰陽路／林綠 著.——初版.——台北市：
蓋亞文化，2012.12
面；公分.（悅讀館；RE267）

ISBN 978-986-319-029-5（卷七；平裝）

857.7 100013682

悅讀館 RE267

陰陽路 07

作者／林綠
插畫／AKRU
封面設計／克里斯
出版社／蓋亞文化有限公司
地址◎台北市103赤峰街41巷7號1樓
電話◎（02）25585438 傳真◎（02）25585439
臉書◎www.facebook.com/Gaeabooks
部落格◎gaeabooks.pixnet.net/blog
電子信箱◎gaea@gaeabooks.com.tw
投稿信箱◎editor@gaeabooks.com.tw
郵撥帳號◎19769541 戶名：蓋亞文化有限公司
法律顧問／義正國際法律事務所
總經銷／聯合發行股份有限公司
地址◎新北市新店區寶橋路二三五巷六弄六號二樓
電話◎（02）29178022 傳真◎（02）29156275
港澳地區／一代匯集
地址◎九龍旺角塘尾道64號龍駒企業大廈10樓B&D室
電話◎（852）2783-8102 傳真◎（852）2396-0050
初版二刷／2015年07月
定價／新台幣 240 元
Printed in Taiwan

GAEA ISBN／978-986-319-029-5

RE267
GAEA

陰陽路 07

陰陽なる途

蓋亞文化　讀者迴響

感謝您在茫茫書海中選擇了蓋亞，您的支持是我們最大的動力。
不要缺席喔，讓我們一起乘著夢想的羽翼，穿越時空遨遊天地！

姓名：　性別：□男　□女出生日期：　年　月　日
聯絡電話：　手機：
學歷：□小學　□國中　□高中　□大學　□研究所　職業：
E-mail：（請正確填寫）
通訊地址：□□□
本書購自：縣市　書店
何處得知本書消息：□逛書店□親友推薦□DM廣告□網路□雜誌報導
是否購買過蓋亞其他書籍：□是，書名：　□否，首次購買
購買本書的動機是：□封面很吸引人□書名取得很讚□喜歡作者□價格便宜 □其他
是否參加過蓋亞所舉辦的活動： □有，參加過場　□無，因為
喜歡出版社製作什麼樣的贈品： □書卡□文具用品□衣服□作者簽名□海報□無所謂□其他：
您對本書的意見： ◎內容／□滿意□尚可□待改進　◎編輯／□滿意□尚可□待改進 ◎封面設計／□滿意□尚可□待改進　◎定價／□滿意□尚可□待改進
推薦好友，讓他們一起分享出版訊息，享有購書優惠 1.姓名：e-mail： 2.姓名：e-mail：
其他建議：

GAEA

GAEA